dtv

Drei Schwestern in Cagliari aus verarmtem Adel auf der verzweifelten Suche nach Glück. Noemi, die Älteste, träumt davon, die veräußerten Teile des Familienpalazzos zurückzukaufen. Maddalena sehnt sich mit ihrem Mann leidenschaftlich nach einem Kind. Die weltfremde jüngste Schwester wird wegen ihres weichen Herzens und ihrer Ungeschicktheit als die »Gräfin der Lüfte« (eigentlich: die Gräfin mit den Ricotta-Händen) verspottet und macht sich Sorgen wegen ihres fünfjährigen Sohnes, der ständig wegläuft und von anderen Kindern gemieden wird. Die junge Gräfin haust in der unscheinbarsten Wohnung des verbliebenen Familienbesitzes, und auch sonst spielt ihr das Leben nicht gut mit. Doch das Blatt wendet sich, als sie eines Tages ihren frisch geschiedenen Nachbarn kennenlernt. Ist die Gräfin der Lüfte die erste, die wider Erwarten ihr Glück finden wird?

Milena Agus wurde in Genua als Kind sardischer Eltern geboren. Heute lebt sie in Cagliari auf Sardinien, wo sie an einer Schule Italienisch und Geschichte unterrichtet. ›Die Frau im Mond‹, ihr zweiter Roman, machte sie international berühmt und wurde ein Weltbestseller.

Milena Agus

Die Gräfin der Lüfte

Roman

Aus dem Italienischen
von Monika Köpfer

Deutscher Taschenbuch Verlag

Von Milena Agus sind
im Deutschen Taschenbuch Verlag erschienen:
Die Frau im Mond (13736)
Solange der Haifisch schläft (13774)
Die Flügel meines Vaters (13912)

**Ausführliche Informationen über
unsere Autoren und Bücher
finden Sie auf unserer Website
www.dtv.de**

2011
Deutscher Taschenbuch Verlag GmbH & Co. KG,
München
Die Originalausgabe erschien 2009 unter dem Titel
»La contessa di ricotta« bei Edizioni nottetempo, Rom.
© 2010 by nottetempo srl
Für die deutschsprachige Ausgabe:
© 2010 by Hoffmann und Campe Verlag, Hamburg
Umschlagkonzept: Balk & Brumshagen
Umschlaggestaltung: Sonja Marzoner unter Verwendung
von Fotos von Gallery Stock/George Simhoni
und gettyimages/Dorling Kindersley
Druck und Bindung: Druckerei C. H. Beck, Nördlingen
Gedruckt auf säurefreiem, chlorfrei gebleichtem Papier
Printed in Germany · ISBN 978-3-423-14027-0

»Alles ist voller Glühwürmchen«, sagt Vetter.
»Wenn man die Glühwürmchen aus der Nähe betrachtet«, sagt Pin, »sind auch sie bloß eklige rötliche Tiere.«
»Ja«, antwortet Vetter, »aber aus der Ferne gesehen sind sie schön.«
Und sie gehen weiter, der große Mann und das Kind, in der Nacht, mitten unter den Glühwürmchen, und halten einander an der Hand.

Italo Calvino, *Wo Spinnen ihre Nester bauen*

1

Die Familie der drei Schwestern war zu Beginn des 19. Jahrhunderts, als der König bei uns auf Sardinien Zuflucht suchte, zwar schon reich, aber noch nicht adelig. Man sagt, dass sie in den Adelsstand erhoben wurde, weil ein Vorfahr es verstand, den stets schlechtgelaunten König zu besänftigen, der immerzu auf dieses Räubernest von Sardinien schimpfte und türenknallend durch den Palast lief: Der Ahne stellte dem missmutigen Herrscher exquisites Tafelservice zur Verfügung, damit er wenigstens an einem würdig gedeckten Tisch speisen konnte.

Der ehemalige Adelspalast der Familie befindet sich im Castello, der historischen Altstadt von Cagliari, und wurde im 17. Jahrhundert erbaut. Er stand also schon zu der Zeit, als jener Ahne ihn zusammen mit dem Adelstitel vom König geschenkt bekam. Es ist ein Eckgebäude. Einst gehörte es ganz, mitsamt den drei Fassaden, der Familie der Gräfinnen. In den zwei Haupteingängen an den beiden Hauptstraßen des Viertels herrschte früher ein reges Kommen und Gehen von Onkeln, Tanten, Cousinen und Cousins, Bediensteten und auch Ärzten, denn die Mutter der Gräfinnen war herzkrank.

Von den drei Fassaden sind den adeligen Damen nur noch zwei geblieben: Die eine blickt auf die Gasse, die andere auf eine der Hauptstraßen. Über die ersten beiden Stockwerke ziehen sich jeweils zwei lange Mittelbalkone mit Balustraden aus stilisierten Gipsfiguren. Sie werden zu beiden Seiten von je einem kleineren Balkon flankiert. Über die Länge des dritten Stockwerks verläuft eine Reihe von Fenstern, die von Säulen gerahmt und von einem Giebeldreieck mit Engeln überbaut sind.

Wenn das Tor zu der prunkvollen Eingangshalle offen steht, halten die Passanten inne, um einen neugierigen Blick hineinzuwerfen oder gar einzutreten, angezogen von der Atmosphäre tiefer Versunkenheit und Stille, wie man sie sonst nur in Klöstern findet. Rings um das Innere der Säulenhalle reihen sich Nischen, in denen die Büsten der Vorfahren aufgestellt sind. Im hinteren Teil schwingen sich zwei weiße Marmortreppen mit Balustraden empor, die sich im mittleren Stockwerk zu einer Galerie vereinen. In deren Mitte öffnet sich ein Rundbogen, über den man das Treppenhaus erreicht.

Zu den beiden Seiten des Rundbogens befindet sich jeweils eine Tür. Die rechte gehört zur Wohnung Nummer eins, in der die »Contessa di Ricotta« wohnt, wie die jüngste der drei Schwestern genannt wird. Die linke gehört zur Wohnung Nummer zwei, die verkauft ist. Vom Treppenabsatz jenseits des Rundbogens aus führen die Stufen zu den restlichen Wohnungen. Das Tageslicht fällt durch die Buntfenster herein und erleuchtet das Treppenhaus wie in einem Kaleidoskop. Über die rechte Treppe erreicht man Wohnung Nummer drei, in der Maddalena und Salvatore wohnen, die mittlere der drei Schwestern und ihr Mann. Die linke Treppe führt zu Wohnung Nummer vier, die verkauft ist. Im zweiten Stock liegen die Wohnungen Nummer fünf und sechs, beide ebenfalls verkauft. Auch Wohnung Nummer sieben im dritten Stock gehört nicht mehr der Familie, und in Nummer acht wohnt Noemi, die älteste Schwester.

Maddalena und ihrem Mann Salvatore, die, wenn es nach ihnen ginge, längst eine zahlreiche Familie hätten, ist die Beletage vorbehalten. Abgesehen von den Fenstern zum Innenhof verfügt sie über einen Balkon oberhalb der Straße und zwei Fenster zur Gasse hin. Die Gasse mündet in einen der zahlreichen kleinen Plätze Cagliaris, auf denen sich das blendende Licht des Himmels und des Meeres einen Wettstreit liefern.

Doch der Großteil der Fenster in den Wohnungen der Gräfinnen schaut auf den großen Innenhof, über dem früher die weniger vornehmen Räume lagen.

Im Lauf der Jahre wurde der Adelspalast wegen des schleichenden wirtschaftlichen Niedergangs immer wieder aufgeteilt, sodass nur noch die Wohnungen Nummer eins, drei und acht in Familienhand verblieben sind. Noemis, der Erstgeborenen, größter Wunsch ist es, noch ehe sie alt und grau ist, alle Wohnungen zurückzukaufen.

Die Wohnung der Contessa di Ricotta, der jüngsten Schwester, im Zwischengeschoss war früher nicht bewohnt, sondern diente als Vorratstrakt. Sie ist dunkel und hässlich, andererseits bietet sie jedoch für den kleinen Sohn Carlino die nötige Sicherheit. Seit er gehen kann, entwischt er der Contessa, noch ehe sie dazu kommt, seine verschmierten Mundwinkel zu säubern, und läuft auf die Gassen hinaus. Mit der Mama auf den Fersen rennt Carlino immer schnurstracks zu einer Schar von Kindern, die überall auf den kleinen Plätzen spielen und ihn nie dabeihaben wollen. Wenn die Contessa ihn schließlich findet und sieht, wie die anderen ihn ausschließen, macht sie eine traurige Miene, nimmt ihn rasch bei der Hand und geht mit ihm nach Hause, den Kopf leicht schief gelegt.

Noemi, die Älteste, kann die Sache mit den anderen Kindern nicht verwinden. Sie glaubt, dass sie ihren Neffen schneiden, weil seine Brille wie eine Taucherbrille aussieht.
»Dafür werden sie mir büßen«, sagt sie.

Der Adelsname der drei Schwestern lautet in Wirklichkeit nicht »von Ricotta«. Die beiden älteren nennen die jüngere mit diesem Spitznamen, weil sie ungeschickt ist, »Ricotta-Hände« hat, wie es hierzulande heißt, und weil die Wirklichkeit ihrem weichen Herzen so zusetzt – auch das aus Ricotta, wie die Schwestern meinen.
Noemi und Maddalena erzählen, dass sie sie als kleines Mädchen immer geschimpft haben, weil man nie mit ihr rechnen konnte, wenn es im Haus etwas zu tun gab, ständig war sie wieder bei irgendwelchen armen Leuten in der Nachbarschaft. Wenn es zum Beispiel regnete, ging die Contessa in die überschwemmten Keller des Castello, in denen die Armen wohnten, um eimerweise Wasser herauszuschleppen. Wenn hingegen Trockenheit herrschte, brachte sie den Bedürftigen von zu Hause eine Tonne, damit sie sich einen Wasservorrat anlegen konnten, denn die Familie der Gräfinnen hatte ja einen Wassertank.
In Noemis Augen stiftete sie mit ihren zwei linken Händen in den Elendsquartieren noch mehr Unordnung und ging den armen Teufeln damit auf die Nerven. Doch wenn die Contessa nach Hause kam, strahlte sie immer über beide Ohren, glücklich, wieder jemandem geholfen zu haben. Zierlich, wie sie war, wurde sie von der Öffnung der hohen, dunklen Tür zum Speisezimmer gleichsam verschluckt, während sie mit verschränkten Armen dastand, unschlüssig, ob sie hereinkommen sollte oder nicht. Es sah so aus, als hätte sie sich am liebsten entschuldigt, weil sie mal

wieder gut zu anderen gewesen war, und überhaupt, weil sie auf der Welt war.

Auch hütete die Contessa damals unentgeltlich die Kinder von Müttern, die arbeiten gingen. Und wenn sie ihr dann nicht einmal dankten oder ihr gar die kalte Schulter zeigten, fragte sie sich: »Habe ich etwas falsch gemacht?«, statt einzusehen, dass sie einfach viel zu gutmütig war. Doch sie dachte, dass ihr alles misslang, weil sie nicht gut genug war, und wenn Noemi sie so sah, bekam sie größte Lust, sie an die Wand zu klatschen, diese dumme kleine Schwester.

Hier im Castello lachen viele über sie, zumindest eckt sie mit ihrer Art an. Das Seltsame ist, dass gerade die, die ihr raten, sich mehr Respekt zu verschaffen, es ihr gegenüber am meisten daran fehlen lassen. Allen voran Noemi, die Älteste, die lautstark den Ton angibt.

Der Nachbar wohnt schon seit langem hier, jenseits der Innenhofmauer, und keine der drei Schwestern hatte sich je Gedanken über ihn gemacht. Erst als es der Contessa wieder einmal richtig schlechtging, wurde die Idee geboren.

Nur gut, dass Maddalena, die Zweitälteste, zu Hause war, als die Contessa vor der Haustür stand und es ihr nicht gelang, den Schlüssel ins Schloss zu stecken, und sie deshalb Sturm klingelte. Maddalena kam angelaufen, legte den Arm um die jüngere Schwester und führte sie ins Haus. Während sie die Treppe hinaufgingen, erzählte die Contessa schluchzend, dass sie soeben auf der Straße den Mann getroffen habe, mit dem sie in der vorigen Nacht im Bett gewesen sei. Er habe mit dem Handy telefoniert und sie nur mit einer knappen Handbewegung gegrüßt, um sich dann rasch wieder auf sein Gespräch zu konzentrieren und einfach weiterzugehen.

»Er hat dich nicht verdient. Wer einen nicht gernhat, hat einen nicht verdient«, versuchte Maddalena sie zu trösten.
»Aber mich mag ja sowieso keiner.«
»Das heißt, dass niemand dich verdient.«
»Das würde ja bedeuten, dass ich allen anderen Menschen auf der Welt überlegen wäre, wenn mich niemand verdient hat. Und das ist ja wohl nicht möglich, oder?«
»Lass uns zu mir gehen, dann mache ich dir was Warmes zu trinken.«
»Du kannst immer nur banales Zeug von dir geben. Ich will nichts Warmes trinken, und essen werde ich auch nichts mehr. Ich will sterben. Ihr könnt alle immer nur banales Zeug daherreden, das könnt ihr.«
An diesem Nachmittag traf Maddalena, nachdem sie den kleinen Sohn der Contessa aus dem Kindergarten abgeholt hatte, vor dem Eingang den Nachbarn, der gerade mit seiner Vespa angefahren kam. Als er sie sah, bremste er abrupt und nahm den Helm ab.
»Ihre Innenfassade zerfällt allmählich«, sagte er zu ihr. »Der Putz bröckelt, und von den Fenstergiebeln purzeln diese traurigen Frauengesichter herunter.«
»Das sind keine Frauen, sondern Engel«, berichtigte ihn Maddalena.
Plötzlich nahm Carlino ihm den Sturzhelm aus den Händen, setzte ihn sich auf und lief weg. Die Tante wollte ihm nachrennen, doch der Nachbar holte den Kleinen mit seiner Vespa ein und sagte ihm, er solle hinter ihm aufsteigen.
»Halt dich gut an mir fest, denn wir wenden jetzt.«
Maddalena wartete am Haustor, während der Nachbar mit dem Jungen die Via La Marmora rauf- und runterbrauste und die Via dei Genovesi und die Via Santa Croce entlang-

fuhr. Dann ging es unter dem Torre dell'Elefante hindurch in die Via Università, als Nächstes zur Terrapieno hinauf bis zum Torre di San Pancrazio und schließlich wieder das Castello hinunter bis vor das Haus.

»Den Helm schenke ich dir«, sagte der Nachbar beim Abschied zu Carlino, »aber nur wenn du mir versprichst, dass du ihn beim Spielen im Garten aufsetzt. Immer. Abgemacht? Also, schlag ein!« Und er reichte Carlino die Hand.

Der Junge stürmte mit dem Helm nach drinnen.

»Wenigstens ist der Kleine dann vor herabfallenden Teilen geschützt. Es ist übrigens nicht damit zu spaßen – wie leicht fällt einem ein Gesimsbrocken oder gar ein Fenster auf den Kopf! Sie sollten die Sache nicht auf die leichte Schulter nehmen. Von meiner Wohnung aus sehe ich ja, in welchem Zustand Ihre Innenfassade ist.«

»Danke. Wirklich. Sie haben leider recht, wir wissen es. Aber wir haben uns daran gewöhnt und hoffen einfach, dass nichts passiert, bis wir die Mittel haben, um die Fassade restaurieren zu lassen.«

Der Nachbar startete wieder seine Vespa und fuhr davon.

Maddalena stürzte zur Contessa, die noch immer zusammengerollt in einer Ecke ihrer Wohnung lag.

»Ich glaube, ich habe gerade einen Mann gefunden, der dich verdient.«

Doch die Contessa hielt sich mit beiden Händen die Ohren zu, weil sie nichts davon hören wollte.

»Er ist ein guter Mensch. So wie du, obwohl du ohnehin der beste Mensch bist, den ich kenne. Und er hat dich verdient.«

»Wer soll das sein?«

»Dieser Herr, der auf der anderen Seite der Mauer wohnt.

Wir sind ihm schon ein paarmal begegnet. Er hat eben mit Carlino eine Runde auf der Vespa gedreht und ihm einen Sturzhelm geschenkt, den er sich aufsetzen soll, wenn er im Garten spielt. Er macht sich Sorgen um uns. Wegen der Fassade, die allmählich zerfällt. Ich habe übrigens keinen Ehering an seiner Hand gesehen. Bei den wenigen Gelegenheiten, da wir uns begegnet sind, ist mir der Ring aufgefallen, denn er war groß und glänzte. Und jetzt, wo ich darüber nachdenke, erinnere ich mich, dass ich in letzter Zeit keine Geigenmusik mehr aus seinem Fenster gehört habe, nur Radio und Fernseher, die offensichtlich immer laufen. Und auch diese schöne Frau habe ich seit längerem nicht mehr gesehen, die manchmal die Blumen gegossen und den Garten umgegraben hat, und jetzt ist er voller Unkraut ...«

»Diese Frau ist wirklich wunderschön.«

»Du hast mich nicht zu Ende reden lassen. Wann lernst du endlich, einem nicht ständig ins Wort zu fallen? Ja, ja, die Frau sah ganz gut aus, aber erstens ist sie nicht mehr da, und zweitens ist ihre Schönheit ... wie soll ich es ausdrücken ... na ja, banal, und drittens war sie eine dumme Gans. Und er will jetzt nichts mehr von ihr wissen. Warum sonst hätte er sich den Ring vom Finger gezogen und den Garten von Unkraut überwuchern lassen? Weil er nämlich die Blumen hasst, die sie so gehegt hat.«

Seit diesem Moment hört die Contessa di Ricotta nicht mehr auf, an den Nachbarn zu denken. Sie ist so glücklich, weil sie glaubt, die Vorsehung habe ihr diesen Mann gesandt, noch dazu einen, der nur wenige Schritte von ihr entfernt wohnt. Seither versucht sie, sich irgendwelche Tricks auszudenken, um diese Grenzlinie zwischen den beiden Innenhöfen zu überwinden. Vielleicht könnte man in dem Beet, das sie an der Mauer gegraben hat, irgendwelche Wunderblumen pflanzen, die von einer Minute auf die andere erblühen und sich über die Mauer hinweg verbreiten würden, sodass sie immer hinübergehen und sie gießen könnte.

Noemi, die große Schwester, kann das Beet der Contessa nicht ertragen und nennt es das »Beet der Ungerechtigkeit«, weil sie statt dieses elenden schmalen Bandes eigentlich ein viel größeres Beet haben müssten. Tatsache ist, dass man sich vor langer Zeit, als der Palazzo aufgeteilt wurde, verrechnet hatte, als es darum ging, eine Mauer zwischen dem ihnen verbliebenen Innenhof und dem verkauften zu errichten. Als Noemi, um sich Klarheit zu verschaffen, bei der Gemeindeverwaltung und beim Katasteramt Nachforschungen anstellte und den Kaufvertrag studierte, stieß sie auf den Fehler, der den Vorfahren unterlaufen war. Daraufhin ging sie zum Besitzer des anderen Teils, um den irrtümlich abgetretenen Streifen zurückzufordern, doch der Mann wollte freilich nichts davon wissen. Also strengte sie einen Prozess gegen ihn an, und dieser Prozess zieht sich noch immer hin.

Der Nachbar weiß von alldem nichts, denn er wohnt nur zur Miete, aber wenn er es wüsste, hätte er bestimmt nichts dagegen, den Gräfinnen den ihnen zustehenden Streifen abzutreten, scheint er doch so gar nichts für den Garten übrigzuhaben, den er von Gestrüpp zuwachsen lässt.

Noemi, die das Beet der Contessa an der Mauer nicht erträgt, hat es mit Scherben eingefriedet, um es besser vom »richtigen« Garten abzugrenzen, dem Teil, um den nicht gestritten wird und den sie hegt und pflegt. Dort gibt es einen von Rosen gesäumten Goldfischteich, eine Laube mit Steintischchen und Zitronenbäumen, einen Mispel- und einen Agavenbaum sowie Hortensien.

Die Wohnung des Nachbarn liegt geradewegs an der Ecke zwischen der Gasse und der anderen Hauptstraße. Früher gehörte sie einmal zum Palast der Gräfinnen, dessen Gebäudeteile um den Innenhof herum errichtet worden waren. Er wohnt im Erdgeschoss, und seine Wohnung erreicht man durch einen separaten Eingang. Von der Straße aus geht man durch einen dunklen Bogengang, an dessen Ende eines der Palasttore liegt. Man gelangt in den Innenhof und steigt dann die kleine Treppe empor, auf der Töpfe mit inzwischen vertrockneten Blumen stehen und an deren oberem Ende sich die Glastür zur Wohnung des Nachbarn befindet.

Da das Tor immer offen ist, könnte jedermann hineingelangen, doch keine der Schwestern wäre bislang auch nur im Traum auf die Idee gekommen, fanden sie den Nachbarn mit seiner abweisenden Art doch reichlich unsympathisch.

Sobald die Contessa und Maddalena um die Ecke biegen, gehen sie schneller und werfen eilige Blicke durch den Torgang, beide rot im Gesicht, als wären sie in geheimer Mission unterwegs. Manchmal schleppen sie auch Noemi mit, die nicht nur das leidige Blumenbeet, sondern auch den Nachbarn nicht ausstehen kann, weil er das zu Unrecht erworbene Stückchen Land brachliegen lässt, wo sie es doch so gern mit frischer Blumenerde füllen und Setzlinge darin pflanzen würde.

Diese Idee wiederum begeistert die Contessa – ein Garten, der auf wundersame Weise vor den Augen des Nachbarn erblüht. Doch Noemi sagt das mit dem Garten nur so. Sie würde nicht im Leben daran denken, jemandem eine schöne Überraschung zu bereiten, schon gar nicht einem, der es nicht verdient hat.

2

Maddalena und Salvatore haben keine Kinder. Dabei wünschen sie sich im Leben nichts so sehr wie Kinder. Stattdessen haben sie eine getigerte Katze, die ganz klein ist und Míccriu heißt. Sie behandeln den Kater wie ein Kind, auch wenn Míccriu nicht dafür geschaffen ist, einen Menschen abzugeben, ja früher vielleicht glücklicher war, als er statt eines Weidenkorbs und seiner Schüssel und unzähliger Bälle und künstlicher Vögel nur die Streifen auf seinem Fell besaß.
Trotzdem haben sie die Hoffnung auf ein Kind nicht aufgegeben, schließlich ist keiner von beiden unfruchtbar. Das meinen zumindest die Ärzte. Und jedes Mal, wenn sie sich lieben, sagen sie sich, dass es diesmal vielleicht klappt. Doch die Kinder wollen einfach nicht kommen, und gerade weil sie beide kerngesund sind, gibt es kein Heilmittel und keine Therapie, die ihnen helfen könnten. Sie versuchen, diese geheimnisvolle Sperre in ihnen, die verhindert, dass sie sich fortpflanzen, mit Essen und Sex zu überwinden. In Salvatores Augen hat Maddalena die Figur eines Filmstars, mit ihrem prächtigen Busen, der schmalen Taille, dem flachen Bauch, dem runden Po und den langen Beinen.

Sie sind verrückt nacheinander. Manchmal nach dem Mittagessen sagt er zu ihr, dass er ihre Brüste sehen möchte. Sie trägt immer diese BHs, die sich vorne öffnen lassen, und so knöpft sie die Bluse auf, und schon quellen ihre Brüste wie zwei große, feste Früchte hervor. Dann steht er vom Tisch auf und geht zu ihr, um an ihren Knospen zu saugen. An diesem Punkt beenden sie die Mahlzeit und begeben sich ins Schlafzimmer.
Dieser Raum ist groß, der schönste der ganzen Wohnung. Er verfügt über Deckengemälde, kostbare Bodenfliesen aus der Manufaktur Gerbino in den Farben Grün, Himmelblau, Blassgelb und Rosa, große, in Nischen eingelassene Fenster, ein schmiedeeisernes Bett mit raffinierten Schnörkeln und eine Brokat-Tagesdecke sowie einen ornamentverzierten Wandspiegel.
Vor diesem Spiegel führt Maddalena einen Striptease für ihren Mann auf, manchmal zu Musik, denn sie hat einen Tanzkurs besucht und ist eine gute Tänzerin. Er mag es auch, wenn sie sich im Auto lieben. Dann zieht sie ihren Rock hoch und lässt ihn ihre Strapse sehen, wobei sie keinen Slip trägt. Sie halten an, wo es ihnen gerade gefällt, und hinterher haben sie immer Lust zu singen, weil sie sich so gut fühlen, aber auch, weil es sein könnte, dass Maddalena diesmal schwanger geworden ist.
Auch am Poetto-Strand liebkosen sie sich. Samstags, wenn Salvatore nicht arbeitet, fahren sie am frühen Morgen hin, bevor die ersten Spaziergänger kommen. Noch müde, legen sie sich auf das Handtuch, und Maddalena tut ihr Bestes, um seine Lebensgeister zu wecken. Sie cremt sich die Brustwarzen ein oder umspielt mit den Fingern seinen *Lingam,* wie der Penis im Kamasutra heißt, dann nimmt sie seine Hand und führt sie zu ihrer *Yoni,* das ist das Kamasutra-Wort für die Scham, bis sein *Lingam* unanständig

hart wird und er sich auf den Bauch legen muss, für den Fall, dass doch jemand vorbeikommt.

Die verbotenen Tage sind für Maddalena und Salvatore die traurigsten, weil ein weiterer Monat verstrichen ist, ohne dass sich ein Kind ankündigt, aber es sind auch die Tage, an denen sie Lust sammeln für die kommende Zeit.

Maddalena ist verrückt nach ihrem Mann. Wenn er nicht da ist, geht sie zum Kleiderschrank, küsst seine Sachen und atmet seinen Duft ein.

Sie vertraut sich oft ihren Schwestern und der ehemaligen Haushälterin der Familie an, die sie noch immer Tata – Kinderfrau – nennen, denn als solche fing sie bei ihnen an, bevor sie nach dem Tod der Eltern ihre Haushälterin wurde. Der Tata rutscht manchmal etwas über die Eltern heraus, nur eine winzige Kleinigkeit, doch mit ein wenig Phantasie kann man den Gedanken weiterspinnen. Der Phantasie sind keine Grenzen gesetzt.

3

Vor einiger Zeit beschloss die Contessa, die Tata zu sich in die Wohnung zu holen. Um Platz für sie zu schaffen, tauschte sie ihre heißgeliebte Salongarnitur gegen einen Schreibtisch, einen Spanholzschrank und einen gepolsterten, mit gelbgrünem Kunstleder bezogenen Hocker ein.
Die Familie, mit der sie den Tausch eingegangen ist, dankte ihr nicht einmal für die Garnitur, aber die Contessa ist trotzdem zufrieden, weil es schließlich arme Leute sind, die mit dem Verkauf der Möbel einen beträchtlichen Gewinn erzielen werden. Außerdem hat die Haushälterin jetzt ihr eigenes Zimmer, mag es auch unansehnlich sein, na ja, ziemlich hässlich sogar.
Der Salon war der einzige komfortable Raum der Contessa. Der einzige, der es wert war, sich darin aufzuhalten. Von goldenen Leuchten erhellt und mit einem Sofa, Sesseln und brokatbezogenen Fußschemeln, vergoldeten Holzbilderrahmen und kostbaren antiken Puppen ausgestattet, war er der wertvollste Teil ihrer Wohnung. An den Wänden hingen Ahnenporträts, darunter, größer als die anderen, auch die der Eltern. Das Paar war im Stil des 19. Jahrhunderts gekleidet, und die Mutter der Contessa tat einem ein wenig leid mit ihrer gequälten Miene, als wollte sie

sagen: »Entschuldigt, wenn ich in dieser Verkleidung aus Spitzen und Puffärmeln lächerlich aussehe. Entschuldigt vor allem, dass ich so viel Glück habe ...«
Tatsächlich beneideten alle ihre Mama, weil sie einen reichen Adligen geheiratet hatte, sie, die bis dahin arm und vom Pech verfolgt gewesen war. Sie war die Tochter einer *egua,* einer Prostituierten, und kam unehelich im siebten Monat zur Welt. Wie unerwünscht sie war, sieht man daran, dass die Mutter das an Dreikönig geborene Kind beim Standesamt unter dem Namen Befana eintragen ließ, nach der alten Hexe, die die Kinder in der Dreikönigsnacht beschenkt. Dann überließ sie ihre Tochter den Nonnen, die sie in eine Schuhschachtel legten und ihr Milch einflößten. Sie war nämlich ohne Haut geboren worden, und man durfte sie nicht berühren. Auf wundersame Weise überlebte sie jedoch.
Inzwischen heiratete ihre Mama und bekam weitere Kinder. Ihr Mann, der wohl ein gutes Herz hatte, nahm das kleine Mädchen in seinem Haus auf und nannte es Fana. Und so fand sich die Kleine mit drei Jahren in einer neuen Umgebung wieder, in der sie niemanden kannte. Anfangs war sie durchaus froh, in einem Kinderzimmer zu schlafen statt im großen Schlafsaal der Nonnen, wo sich ein Bett an das andere reihte, über eine kleine Kommode und einen Teil des Schranks zu verfügen und einen Stuhl ganz für sich allein zu haben, aber sie sonderte sich ab und blieb immer für sich. Jeden Morgen erbrach sie den Milchkaffee und versteckte sich dann vor lauter Scham. Deswegen schickte ihre Mutter sie zu den unverheirateten Tanten, den Schwestern ihres Mannes. Auch dort war sie anfangs zufrieden, weil sie ein kleines Zimmer ganz für sich allein hatte, dessen Wände mit Blumenranken bemalt waren und das sogar mit einer Spiegelkommode mit zahlreichen

Kämmen und Bürsten und Parfümzerstäubern möbliert war. Doch ihr neues Zuhause war so elegant, dass sie sich bald unbehaglich und nur als Gast fühlte und deshalb immer auf der Hut war, ja nie etwas zu tun, was den Unmut der Stieftanten heraufbeschwören könnte. So hielt sie sich in diesem großen Haus meist nur in einer Ecke auf. Dort saß sie auf einem kleinen Armstuhl unter einem Fenster mit feuerroten Geranien auf dem Sims, um zu lernen und ihre Hausaufgaben zu machen. Wenn es nach ihr gegangen wäre, hätte sie, mit dem Teller auf dem Schoß, auch hier gegessen.

Wie auch immer, ihrem Taufnamen zum Trotz wuchs sie zu einer strahlenden Schönheit heran, und der spätere Vater der drei Gräfinnen, adelig, reich und extravagant, heiratete sie und nannte sie Fanuccia. Da seine Familie gegen diese Verbindung war, musste er auf den Großteil seines Erbes verzichten, das seine Vorfahren freilich schon zu der Zeit, als der König türenknallend durch den Königspalast lief und ihn als elende Hütte beschimpfte, zu vergeuden begonnen hatten.

Das ihm verbliebene Vermögen schrumpfte ebenfalls zusehends, doch nicht durch Verschwendung, wie es heißt, sondern weil die Behandlung seiner herzkranken Frau so kostspielig war. Aber vielleicht war sie auch krank vor Glück, konnte sie es doch nicht fassen, dass sich das kleine hautlose Monster, das sie einmal gewesen war, in eine Schönheit verwandelt hatte, dass sie den Mann geheiratet hatte, den sie liebte, drei Kinder bekommen hatte, in diesem phantastischen Palast lebte und über Bedienstete und andere Annehmlichkeiten verfügte. Und aufgrund ihres Schuldgefühls, weil sie glaubte, die vorbestimmte Ordnung der Welt auf den Kopf gestellt zu haben, die gewiss nicht vorsah, dass sich die Tochter einer Prostituierten aus ihrer Schuhschachtel befreite, um im herrlichsten Adelspalast der Stadt zu leben, wollte sie möglichst unsichtbar sein. Sie zog farblose, mitunter sogar ein wenig abgewetzte Kleider an. Ihre dichten, gewellten Haare bändigte sie in einem Haarknoten. In ihren flachen, breiten Schuhen ging sie immer ein wenig geduckt. Sobald sie jemandem begegnete, wurde sie blass, und wehe, man machte ihr auch noch Komplimente, dann wäre sie am liebsten im Erdboden versunken. Den Bediensteten, insbesondere der Tata, die im gleichen Alter war wie sie und ebenso intelligent, gutmütig und schön, aber nicht so wohlhabend, überließ sie nur allzu gern das Regiment im Haus, und niemals traf sie eine Entscheidung, die das Personal nicht guthieß.

Indem sie erblasste und möglichst unsichtbar blieb, wollte sie der Welt wohl zu verstehen geben, dass sie keineswegs ihr Glück gemacht hatte und dass kein Grund bestand, sich über die vorbestimmte Ordnung der Welt zu sorgen.

Die Bewohner des Castello, die sie noch kannten, erzählen, dass man den Eindruck hatte, die Gräfinnen seien die Töchter der Haushälterin, denn die Tata erzog die Mädchen nach ihren Vorstellungen. Ehe sie zur Schule gingen, mussten sie zuerst ihr Bett machen, und zwar gründlich, die Tata begnügte sich nicht damit, dass sie es nur ein wenig glatt strichen. Dann hieß es Frühstück zubereiten – die Milch auf den Herd stellen, das Brot rösten und hinterher die Tassen und die Kanne spülen. Maddalena und Noemi lernten, alles zur Zufriedenheit der Tata zu erledigen. Die Jüngste hingegen lernte gar nichts. Im Gegenteil, wenn man ihr auftrug, eine begonnene Arbeit zu beenden, verdarb sie sie.

»Du hast Hände aus Ricotta!«, warf ihr die Tata vor. »*Contessa de arrescottu!*«

Und so kam es, dass man sie Contessa di Ricotta nannte.

Manchmal bot sie der Tata die Stirn: »Und wenn ich Ihnen aus heiterem Himmel einen herrlichen Nachtisch aus Ricotta servieren würde, wunderbar weiß und mit kunstvoller Verzierung? Oder wenn ich auf der Geige die ›Ungarischen Tänze‹ spielte? Oder mit melodischer Stimme eine ganze Oper sänge? Oder wenn ich ein Flugzeug steuern würde?«
Dann stieß die Tata einen tiefen Seufzer aus, schickte sie hinaus und rief ihr nach: »In diesem Fall müssten wir einen Exorzisten zu Hilfe rufen!«
Die Tata wollte, dass die Schwestern wie gewöhnliche Kinder aufwuchsen und nicht wie verwöhnte reiche Mädchen. Aber das waren sie ohnehin nicht mehr, denn ihr Reichtum schmolz zusehends dahin. Schließlich war es in der Familie seit hundert Jahren Tradition, Stück für Stück des Palastes zu veräußern, doch am schlimmsten setzte die Krankheit der Mama dem Vermögen zu, bis ihnen in dem antiken Gebäude nur noch drei kleine Wohnungen von ehemals acht blieben.
Die Tata heiratete erst in reifen Jahren, einen Witwer aus ihrem Dorf, der bereits erwachsene Kinder hatte. Aber besonders glücklich schien sie in ihrer späten Ehe nicht zu sein. Man merkte ihr an, wie sehr sie ihre drei kleinen Gräfinnen vermisste. Sie vermisste die Tage, an denen der Regen gegen die Fensterscheiben prasselte oder ein Gewitter wütete und sie alle im großen Bett schliefen und so die Finsternis aussperrten, dem Unglück der Mutter und dem Tod des Vaters zum Trotz, der bald nach der Mutter gestorben war. Sogar nach der Contessa di Ricotta sehnte sie sich, die mit ihren Händen nichts als Schaden anrichtete. Die Tata hatte mehr als einmal den lieben Gott angefleht, das arme Mädchen zu sich zu nehmen, das sich manchmal nur aus Gewohnheit auf den Beinen zu halten schien

und sich übergeben musste, wenn es aus der Schule nach Hause kam.

Zwar wurden die Besuche der Tata immer seltener, doch wenn ihr Mann sie mit dem Wagen in die Stadt fuhr, versäumte sie es nie, ihnen Vorräte aus dem Dorf mitzubringen, und wenn niemand da war, stellte sie die Tüten voller Obst, Gemüse, Freilandhühnern und Eiern und natürlich mit selbstgebackenen Dolci Sardi in die Eingangshalle.

Zurück in ihrem Dorf, musste die Tata dann immerzu an diesen Palazzo denken, an die feuchte, dunkle Straße und das Licht, das einen völlig unerwartet traf und blendete, sobald man um die Ecke auf den kleinen windigen Platz bog, der gleichsam über dem grenzenlosen Cagliari zu schweben schien. Und an die blassblauen Nächte und an den Mond und die Sterne, die man durch die Fenster der Gräfinnen sah und die leuchteten wie nirgendwo sonst auf der Welt.

Jetzt ist sie Witwe und bei schlechter Gesundheit. Das Haus, in dem sie während ihrer Ehe gewohnt hat, wurde den Kindern ihres Mannes überschrieben, die es verkauften. Im Elternhaus, in dem sie groß geworden war, ehe sie nach Cagliari ging und in die Dienste der Grafenfamilie trat, wohnen inzwischen ihr Neffe Elias und dessen Bruder samt Familie. Elias ist ein guter Junge, doch kann er sich nicht auch noch um sie kümmern, schließlich betreibt er ein eigenes kleines Bauunternehmen und hilft zusätzlich auch noch seinem Bruder mit den Schafen und auf dem Feld.

Deswegen hat die Contessa beschlossen, die Tata zu sich nach Cagliari zu holen.

Noemi versuchte, sie davon abzubringen. Zunächst im Guten. Sie solle doch mal überlegen, sagte sie. Die Haushälterin werde nicht jünger. Und was, wenn sie ernstlich krank würde? Wenn die Situation sich verschärfte? Wenn es ihr mit ihren Ricotta-Händen zu viel würde, was dann? Sei es nicht viel schlimmer, der Tata dann zu sagen, dass sie wieder gehen müsse, als sie gar nicht erst aufzunehmen? Und hatte sie vielleicht das aufbrausende Temperament der Haushälterin vergessen und wie sie sie früher herumkommandiert hatte? Außerdem hatten sie ja seit langem nichts mehr mit ihr zu schaffen.

Noemi rief ihr sogar die Gebete in Erinnerung, die die Tata früher sprach, wenn sie, die Contessa, mal wieder nichts auf die Reihe brachte: »O mein Herr Jesus Christus, wenn du sie unbedingt so sein lassen musst, wie sie ist, dann nimm sie lieber zu dir!«

Aber alles war vergebens. Die Contessa zuckte die Schultern und sagte, sie könne all diese Leute nicht mehr ertragen, die sich immerzu nur Gedanken machten. Daraufhin redete die älteste Schwester eine Zeit lang nicht mehr mit ihr, wenn sie ihr auf der Treppe begegnete, und schloss die Fenster, wenn sie die Contessa draußen sah.

Zum Schluss verlegte sich Noemi auf das Argument, dass sie arm waren. »Und das Geld?«, fragte sie: Die Tata bekomme zwar eine Pension, aber man wisse ja, dass die Alten früher oder später kostspielige medizinische Behandlungen bräuchten. Wie sollten sie das dann bewerkstelligen, sie, die jeden Cent umdrehen mussten?

Die Contessa widerlegte Punkt für Punkt. Erstens die Armut. Wollte sie wirklich einmal Arme sehen? Und sie riss das Fenster zur Straße auf, von wo aus man die zum Trocknen aufgehängten Wäscheteile der Nachbarn sah, die eher wie Lumpen anmuteten, mit denen man eine Vogelscheuche hätte einkleiden können.

Denn noch heute wohnen in der Altstadt von Cagliari Intellektuelle und Ungebildete, Arm und Reich im selben

Haus. Aufgrund der engen Gassen und weil die Leute von Fenster zu Fenster oder von Tür zu Tür plaudern, bekommt man unweigerlich die Lebensumstände der anderen mit, vor allem im Sommer, wenn wegen der Hitze alles offen steht. Doch die, die in den Kellern wohnen, schließen auch im Winter, wenn es kalt ist, nicht die Tür, und man riecht den Schimmel, vermischt mit dem Seifengeruch, der von der Wäsche aufsteigt, die sie in der Wohnung aufhängen, sowie den Essensgerüchen. Und wenn man vorbeikommt und sie einen einladen, ihre Mahlzeit mit ihnen zu teilen, sieht man auch, was bei ihnen auf den Tisch kommt.

Auch wenn die Contessa die Armut der Gräfinnen leugnet, so ist es für sie alles andere als leicht, wenn die Schwestern sich zusammensetzen, um die Rechnungen durchzugehen, denn sie hat keine feste Arbeit. Salvatore, der bei einer Bank angestellt ist, bezahlt die Raten des Darlehens, das sie aufnehmen mussten, um die Beletage zurückzukaufen, die er mit Maddalena bewohnt. Obwohl sie ihren Universitätsabschluss mit Prädikat abgelegt hat, beschränkt sich Maddalenas Verdienst auf die Einnahmen durch Nähen und Kochen, wobei die Desserts, die sie für ein Lokal im Castello zubereitet, am meisten einbringen. Diese Arbeit kann sie zu Hause verrichten und sich ihre Zeit nach Gutdünken einteilen, sodass sie sich im Falle einer Schwangerschaft schonen kann.

Die Contessa könnte als Lehrerin arbeiten, doch gelingt es ihr nie, eine Lehrvertretung zu Ende zu bringen. Die Schule war ihr immer verhasst, und noch heute hat sie das Gefühl, darin zu ersticken. Stets kommt sie leichenblass nach Hause und sagt, dass es zu viele Schüler gebe und die Klassenzimmer staubig seien. Außerdem glaubt sie, dass die Kinder die vielen Dinge, die sie ihnen erklärt, gar nicht interessieren. Sobald sie ihnen den Rücken zudreht, um etwas an die Tafel zu schreiben, fangen sie an, sich über sie lustig zu machen und sie mit Papierkugeln zu bewerfen oder Tierstimmen zu imitieren, ohne dass sie je den Schuldigen findet.

Früher machte Maddalena für sie die Hausaufgaben fürs Gymnasium, schrieb für sie die Referate für die Universität und lernte später mit ihr für das Auswahlverfahren, das sie hätte bestehen müssen, um eine Festanstellung als Lehrerin zu erhalten. Doch die Contessa leidet unter schrecklicher Prüfungsangst. Sobald wieder ein Auswahlverfahren ansteht, bekommt sie eine Panikattacke mit Herzrasen und zitternden Beinen, und anstatt sich auf den Weg zum Examen zu machen, wie sie jedes Mal felsenfest verspricht, irrt sie in der Stadt umher, um dann mit schleppendem Gang und noch schiefer gelegtem Kopf als sonst heimzukommen. Und dann lügt sie, sagt, sie habe nicht die erforderliche Punktzahl erzielt oder die Prüfung sei verschoben worden, und Maddalena glaubt ihr, ganz im Gegensatz zu Noemi, die sich umgehend zum Provinzschulamt begibt, wo sie natürlich die Wahrheit erfährt, um ihr dann zu sagen, dass es so nicht geht. Dann verteidigt Maddalena die jüngere Schwester: »Was macht das schon? Es ist doch nur ein Examen!«

Sicher, Maddalenas Philosophie ist ein wenig schlicht. Wann immer ein Problem auftaucht, sagt sie: »Was macht das schon?« Wenn im Haus eine Ameisen- oder Küchenschabeninvasion herrscht oder die Decke herunterzustürzen droht, kommt von ihr: »Was macht das schon?« Und dann wartet sie einfach, dass Noemi den Kammerjäger oder einen Maurer anruft, je nachdem. Denn die Älteste geht nie einfach über etwas hinweg, sondern will immer genau über alles Bescheid wissen, und wenn es ein Problem gibt, muss eine Lösung her. Vielleicht liegt es daran, dass sie Richterin ist. Sie hat die Wohnung Nummer acht zurückgekauft und unterstützt die Contessa und ihr Kind. Auch wenn sie es nicht zeigt, leidet sie vermutlich darunter, noch immer unverheiratet zu sein. Als sie noch jünger war und zu irgendwelchen Studienseminaren reiste, nähte Maddalena ihr neue Kleider, und wenn es sein musste, blieb sie die ganze Nacht auf, um sie rechtzeitig fertig zu haben. Doch all ihre Bemühungen waren umsonst. Zwar unterhielten sich die männlichen Anwälte und Richterkollegen gern mit Noemi, aber nur über Schuld und Unschuld.

Den beiden jüngeren Schwestern missfällt die Vorstellung, dass Noemi immer allein in den großen Ehebetten der Fünfsternehotels schläft, in denen die Juristen auf ihren Kongressen wohnen, und selbst wenn sie am frühen Morgen zu einer Reise aufbricht, lassen sie es sich nicht nehmen, sie bis zum Platz hinter dem Haus zu begleiten. Dort setzen sich alle drei auf eine Bank, um das Meer, die Lagunen und die Berge La Sella del Diavolo und Monte Urpino im rosafarbenen Licht der Morgendämmerung zu betrachten. Und der Anblick all dieser Schönheit lässt sie denken, dass im Grunde alles geschehen kann und dass Noemi womöglich als Verlobte zurückkehrt. Aber das sagen sie ihr nicht. Niemand redet mit Noemi über diese Dinge, und wenn sie wieder zurückkommt mit den Taschen voller Seifen und Shampoos, Marmeladen- und Honigdöschen, Hotelpantoffeln und Nähetuis, freuen sie sich über die unverhoffte Ersparnis, statt ihr Fragen zu stellen. Wenn Noemi in den Gärten der Hotels Blumensorten entdeckt, die sie selbst noch nicht haben, bringt sie Samen mit und sät sie im Garten aus, ihrem eigenen, weit entfernt vom »Beet der Ungerechtigkeit«. Und dort wachsen und gedeihen sie.

4

Als die Tata wieder bei ihnen eingezogen war und den Zustand des ehemaligen Palastes bemerkte, schlug sie vor, ihren Neffen Elias zu fragen, ob er sich mit seinem kleinen Maurertrupp der Restaurierung annehmen könnte.
Er würde ihnen einen Freundschaftspreis machen, fügte sie hinzu, außerdem komme Elias gern zum Arbeiten in die Stadt.
Die Tata macht sich Sorgen um ihn, weil er nicht ans Heiraten denkt. Wenn er abends todmüde nach Hause komme, sei er also gezwungen, sich in Schale zu werfen, in eine Parfümwolke zu hüllen und auszugehen, um ein bisschen Zuneigung zu bekommen. Deshalb beschränke sich sein ganzes Gefühlsleben auf Beziehungen mit diesen jungen Dingern, die er da und dort kennenlerne und die früher oder später wieder von der Bildfläche verschwänden. Ihr armer Elias!

Wenn die Schwestern etwas Wichtiges zu bereden haben und kein starker Wind weht und es auch nicht regnet, gehen sie zum Poetto, Cagliaris endlosem weißen Sandstrand.
Am frühen Morgen, wenn es noch menschenleer ist und

an den Tagen zuvor geregnet hat oder der Mistral wehte, ist am Meer alles scharf umrissen und die Farben leuchten. Ein herrlicher Duft nach frischem Fisch liegt in der Luft, und die gedeckten Tische beschwören eine fröhliche Ferienstimmung herauf. An solchen Tagen spazieren die drei Schwestern barfuß durch das kristallklare Wasser und lassen die Wellen ihre Fesseln liebkosen.
Zurzeit ist Elias' Auftauchen Thema Nummer eins ihrer Gespräche und hat das bislang vorherrschende Projekt verdrängt, nämlich die Frage, wie man die verkauften Wohnungen zurückbekommen kann.
Die Schwestern lassen gegenüber Noemi anklingen, dass sie und Elias sich womöglich ineinander verlieben könnten. Noemi wird wütend und sagt, sie sollen sie in Frieden lassen und mit ihren kindischen Träumereien aufhören, sie denke nicht über die Liebe nach. Hätten sie denn nicht gehört, was die Tata gesagt hat, dass Elias nur Augen für junge Mädchen habe? Alle Männer in Elias' Alter stünden auf jüngere Frauen und nicht auf gleichaltrige, selbst die, die zu Hause eine Ehefrau haben. Männer in Elias' Alter könnten ohne weiteres noch eine Familie gründen, und wenn sie sich so spät dazu entschieden, Kinder zu bekommen, würden sie sich dafür bestimmt nicht eine alte Jungfer aussuchen, die nicht mehr fruchtbar sei oder bei der die Gefahr bestehe, womöglich ein mongoloides Kind zur Welt zu bringen.
Daraufhin sagt die Contessa: »Puh! Ich kann die Leute, die immer nur vernünftig daherreden, nicht mehr ertragen!«
Und Maddalena sagt: »Das Alter hat nichts zu bedeuten. Es gibt jüngere Frauen als dich, die es nicht schaffen, schwanger zu werden.«
Noemi indessen hat keine Lust, mit diesen Dummheiten

fortzufahren. Das Einzige, was sie interessiert, ist, endlich mit den Restaurierungsarbeiten zu beginnen und möglichst wenig Geld dafür auszugeben, um wieder das zu werden, was sie einmal waren, anstatt die armen Kirchenmäuse zu bleiben, die sie jetzt sind.

Noemi wohnt im obersten Stock, und ihre Wohnung überwältigt einen mit ihrer Eleganz – all dem Stuck, den Deckenfresken, den Böden mit den kostbaren Fliesen aus der Manufaktur Giustiniani.
Als Mobiliar hat sie die Einrichtung des ehemaligen Esszimmers geerbt. Dazu gehören samtbezogene Sofas und Stühle sowie zwei hohe Anrichten mit intarsienverzierten Holzsäulen, die wertvolle Porzellanservices enthalten, wobei das schönste das mit dem Silberdekor ist, eines jener Services, die damals den König besänftigten. Auf einem langen Tisch stehen in Reih und Glied die Kerzenleuchter aus massivem Silber, und von der Decke hängt ein Kronleuchter mit Kristalltropfen. Auch das Bad ist einer Prinzessin würdig, mit seiner auf Messingfüßen stehenden Keramikwanne, den silbernen Toilettenaccessoires auf dem Waschtisch und dem Deckengemälde, auf dem sich Engel tummeln, die sich den nackten Popo in kleinen Seen waschen.
Schade nur, dass die ganze Pracht zugedeckt ist. Ein für den Publikumsverkehr geschlossenes Museum.
Noemi benutzt nur das kleine Duschbad in ihrer Wohnung, und das schöne Badezimmer betritt sie bloß, um es sauber zu machen und den schwarzen Flecken auf den Messingfüßen der Badewanne und auf den Toilettenaccessoires zu Leibe zu rücken. Das Esszimmer ist unter Decken, alten Laken und Stoffresten begraben. Die Tischdecken und bestickten Deckchen ihrer Aussteuer gilben in den

aus der Barbagia stammenden geschnitzten Holztruhen mit Löwenfüßen vor sich hin und zersetzen sich allmählich. Die Fensterläden sind immer geschlossen, damit das Licht nicht verdirbt, was man nicht zudecken kann, wie Blumenvasen, Gemälde, wertvolle Nippsachen oder das Porzellan in den Anrichten, das nur von transparentem Glas geschützt wird.

Noemi ist besessen davon, das Andenken an den früheren Reichtum der Familie in Ehren zu halten und zu sparen, um ihn wiederzuerlangen. Im Haus trägt sie abgenutzte Sachen, und weil sie sich auch den Friseur spart, ist ihr Haar schlecht geschnitten. Sie ist dünn, weil sie wenig isst. Im Winter macht sie kein Feuer in den Öfen, geht selten aus, bleibt stattdessen in ihrer eiskalten Wohnung und ernährt sich von kargen Lebensmitteln. Vielleicht hat diese Manie, alles zu bewahren, zu ihrer chronischen Verstopfung geführt. Aus ihrer Suche nach immer neuen Abführmitteln, um ihren Stuhlgang anzuregen, hat sie ein wahres Zeremoniell entwickelt, zum Beispiel trinkt sie auf nüchternen Magen die Molke, worin der *casu ageru*, ein spezieller Weichkäse, lagerte, oder warmes Wasser mit Honig und Fermenten und läuft barfuß im Haus umher.

Noemi tut nichts aufs Geratewohl. Sie ist gut darin, zu ergründen, wie es zu etwas gekommen ist und wie es zukünftig sein wird, und zwar nicht mit Hilfe von Magie, sondern weil sie eine systematische Sichtweise hat. Und wenn sie den Schwestern die Fehler der Vorfahren darlegt, die das Erbe verschleudert haben, sowie ihren Plan, wie sie das Verlorene wiederzuerlangen gedenkt, und den Kopf schüttelt, wenn andere das Ihre dazu sagen, stellt sich am Ende heraus, dass sie recht hat.

Nachdem sie Noemi schon so oft missbilligend den Kopf hat schütteln sehen und sich von ihr hat sagen lassen: »Du denkst eben nicht systematisch«, hat die Contessa neulich im Lexikon nachgeschaut und herausgefunden, dass ein »System« eine *geordnete Verbindung von Elementen zu einem organischen Ganzen* ist. Das hat sie fasziniert, denn demnach bedeutet systematisches Denken, zu wissen, wie man die Dinge auf die Reihe bekommt und ihnen eine Ordnung zuweist, eine Kette aus Ursache und Wirkung zu bilden. Indessen scheint sie selbst in den Diskussionen mit ihrer Schwester zu versuchen, mit einer kleinen Laterne alles aufzuspüren, was außen vor geblieben ist, und es in das Verzeichnis aufzunehmen, doch das duldet Noemi nicht.

5

Nun, da Elias mit seinem kleinen Bautrupp da ist und sich der Restaurierung der Innenfassade angenommen hat, ist Noemi ständig in der Nähe, um die Arbeiten zu beaufsichtigen. Sie ist sich auch nicht zu schade, selbst das eine oder andere Fenster zu streichen und sogar auf das Kranzgesims zu steigen, um die Regenrinne zu richten. Man könnte sie für verrückt halten, doch von einer anderen Warte aus betrachtet erinnert sie an einen Vogel, der ein Nest baut.
Jeder weiß, dass sie nur dafür lebt, das allmählich zerfallende Gebäude, den ehemaligen Palast ihrer Familie, zu restaurieren und eines Tages die Wohnungen Nummer zwei, vier, fünf, sechs und sieben zurückkaufen zu können. Aber sie sind zu arm oder, besser gesagt, nicht reich genug für eine grundlegende Sanierung, und so reicht es nur für Flickwerk. Und kaum ist ein Teil wiederhergestellt, fällt der nächste herunter.
Die Gräfinnen hatten Elias nicht mehr gesehen, seit er ein kleiner Junge war, und in ihrer Erinnerung war er ein dunkelhäutiger, roher Flegel. Doch in Wirklichkeit hat er helle Haut, schmale Pianistenhände, auch wenn sie von der Arbeit schwielig sind, und einen lebenslustigen Blick, in dem nichts Dunkles ist.

Noemi hat sich mit ihm angefreundet. Er ist ihr sympathisch, weil er unermüdlich auf dem Baugerüst balanciert und Überstunden macht, um ein Fenster fertig zu streichen oder ein Stück Fassade zu verputzen.
»Warum verkauft ihr nicht«, rief er ihr neulich vom Gerüst aus zu, »und zieht alle zusammen in einen Neubau mit Aufzug und Garage?«
Da drehte sie sich – sie kontrollierte gerade den Stuck im Speisezimmer, in dem nie jemand speist – abrupt um und lief zum Fenster, um ihm einen Vortrag über den Wert antiker Bauwerke zu halten, über die Pflicht, unser altes Cagliari zu bewahren, das so sehr unter den Bombardements leiden musste und trotzdem noch immer wunderschön ist. Ob er sich denn noch nie gefragt habe, warum man sich in Cagliari nicht langweilt? Es liege an der Tatsache, dass die Stadt vertikal sei, dass es ständig auf und ab gehe, an den zahllosen Aussichtspunkten, den jähen Übergängen von Licht und Schatten und dem Wechsel der Farben, je nachdem, was für ein Wind weht, sodass ein Menschenleben nicht ausreiche, um alles gesehen zu haben.
Als sie fertig war, fragte sie unvermittelt: »Wo Sie mir nun schon so lange zuhören mussten, wie wär's mit einem Kaffee?«
»Danke, gern. Geben Sie mir doch einen Pappbecher. Ich trinke ihn dann auf dem Gerüst.«
Aber sie kam mit einem Tablett und Mokkatässchen von dem Porzellanservice mit dem Silberdekor heraus, dem berühmten Königsservice. Nachdem sie alles aufs Fensterbrett gestellt hatte, nippten sie unter dem bewölkten Himmel gemeinsam an ihrem Kaffee.
Mit dem Fensterrahmen im Hintergrund sehe sie wie ein Gemälde aus, sagte er zu ihr, wie eine jener adeligen Damen, die man in den Museen bewundern könne, und er

würde ihr Bild am liebsten mit nach Hause nehmen. Im Übrigen habe er das mit dem neuen Haus und der Garage nur so dahingesagt. Denn er teile ihre Leidenschaft für Antikes.
Seit diesem Tag bringt Noemi ihm immer Kaffee, und zwar auf dem Tablett, mit Silber und Porzellan und allem.
Seine Maurerkumpel nehmen ihn auf den Arm und kichern, und auch die Bewohner der verkauften Wohnungen schauen zu den Fenstern heraus und sparen nicht mit Kommentaren. Schließlich ist Noemi älter als er, und statt der Szene etwas Poetisches abzugewinnen, sehen sie nur die lächerliche Seite. Währenddessen bleibt niemandem verborgen, dass Noemis Schwestern hoffen, die beiden würden sich verloben, und dass die Gräfinnen überhaupt nichts Befremdliches und schon gar nichts Lächerliches daran finden.
Doch neulich ist etwas Unerfreuliches passiert. Vielleicht fühlte sich Elias unwohl in seiner Haut, weil er wusste, dass er von seinen Kollegen und von den Fenstern aus beäugt wurde. Jedenfalls fiel ihm die kostbare Porzellantasse aus der Hand und ging zu Bruch. Noemi lief in den Garten, um die Scherben aufzulesen, doch es war unmöglich, die Teile wieder zusammenzufügen. Auch er stieg sofort vom Gerüst und stürzte zu ihr.
»Es macht nichts. Wirklich, es macht nichts«, sagte Noemi mit zitternden Lippen und Händen.
Und jetzt ist es vorbei mit der Kaffeezeremonie. Die Fenster zum Gerüst bleiben geschlossen.
»Es war doch nur ein Mokkatässchen!«, sagt Maddalena immer wieder. »Was ist das schon?«
Elias ist gedemütigt. Er weiß, was es heißt, an etwas zu hängen. Seit Jahren sammelt er selbst antikes Geschirr von den Tafeln der Adeligen, erzählt die Tata, und zwar seit die

Gräfinnen ihr zur Hochzeit ein Service schenkten, das ihn unglaublich faszinierte.

Ihr Neffe hat eine äußerst wertvolle Sammlung, die zu einer beträchtlichen Größe angewachsen ist, sodass sich die Kartons inzwischen im Zimmer der Tata stapeln, weil er in seiner Wohnung auf dem Land keinen Platz mehr dafür hat. So hat sich das Zimmer der Haushälterin nach und nach in ein Geschirrmuseum verwandelt, und Elias kennt die Geschichte jedes einzelnen Stücks.

Nach dem Vorfall mit dem Mokkatässchen zeigte er Noemi seine unschätzbar wertvolle Sammlung und forderte sie auf, sich nach Belieben etwas auszusuchen.

Er erklärte ihr, dass man diese Geschirrteile nur durch Zufall und mit viel Glück finde, tatsächlich hätten einige der Leute, von denen er sie erworben habe, sie für altes, wertloses Zeug gehalten.

Eines seiner wertvollsten Teile ist eine mit rosa und blauen Blumen bemalte Salatschüssel aus Savona, die originalgetreu von einem Porzellanrestaurator wiederhergerichtet wurde, wie er stolz erzählte.

Ein anderes Prunkstück ist eine große feuerfeste Steingutform aus dem späten 18. Jahrhundert, aus Albissola Superiore, mit Meerschwamm bearbeitet und mit freiem Pinselstrich verziert. Sie seien sehr selten, diese Formen, in denen man den Fisch servierte, der zuvor auf würzig duftender Holzglut zusammen mit Zistrosen- und Mastixstrauchzweigen gegrillt worden war. Solche ursprünglich von der Ligurischen Küste stammenden Ofenformen, erklärte Elias weiter, hätten sich in den großbürgerlichen Haushalten gefunden und seien zu Zeiten des Königreichs Sardinien-Piemont nach Cagliari gelangt.

Als Nächstes zeigte er Noemi Majolika-Votivteller im rö-

mischen Stil aus Cerreto Sannita aus dem 18. Jahrhundert, weiß, mit blassblauer Glasur und mit einem unverkennbaren Dekor handverziert. Elias hat zwei Servierplatten davon, eine runde und eine ovale. Er sei sehr glücklich, in den Besitz von zwei so großen Exemplaren gekommen zu sein, denn meistens finde man nur kleinere Teller.
Von unschätzbarem Wert seien auch die Majoliken aus Ariano Irpino, der kampanischen Schule, die die Bourbonen belieferte. Elias hat gut vierzig Stück davon und sagte zu Noemi, sie könne sich ruhig alle nehmen.
Die wertvollsten Stücke seiner Sammlung sind jedoch die Gedenkteller. Sie erinnern an die Schlachten in Afrika gegen Ende des 19. Jahrhunderts oder an die nationale Einigung Italiens, wie etwa die mit der Inschrift »Der Krieg ist gewonnen« oder »Es lebe das freie, starke Italien«.
Noemi hörte ihm aufmerksam zu, nahm aber am Ende keines dieser Stücke als Wiedergutmachung an. Sie stimmte ihm zwar zu, dass er da eine wertvolle Sammlung besitze. Aber dem Vergleich mit dem Kaffeeservice aus der Manufaktur Giuseppe Besio könne sie wohl kaum standhalten, aus dem die Tasse stammte, die Elias kaputt gemacht hatte. Und dies liege nicht daran, dass das Service schon zu Zeiten Napoleons den König besänftigt hatte, sondern daran, dass es vollständig gewesen war, also ein Dutzend Tassen umfasst hatte, während es jetzt nur noch elf davon gab. Zwar sei die Untertasse noch heil, nicht aber die Tasse. Ein System, dem ein Teil fehlt, sei wertlos.
Auch die Tata ist untröstlich und hört nicht auf, Elias zu tadeln und der Tasse nachzuweinen. Sie und Noemi betreten auf Fußspitzen das Esszimmer, ziehen die Fenster einen Spaltbreit auf, öffnen die Tür der hohen Anrichte mit den geschnitzten Säulen und jammern über die verwaiste Untertasse. Dann unterhalten sie sich ausgiebig über das

delikate Porzellangeschirr aus der Manufaktur Ginori di Doccia, von dem die Gräfinnen Suppenschüssel, Gemüseschüsseln, Senfgefäße und Schokoladenkannen geerbt haben. Danach schließen sie wieder die Fenster und gehen auf Zehenspitzen hinaus.

Die Tata und Noemi können beide nicht verwinden, dass der Schaden ausgerechnet jetzt passiert ist, nachdem es der Haushälterin gelungen ist, die gelben Flecken von der Aussteuer und die schwarzen von den Messingfüßen der Badewanne und den silbernen Toilettenaccessoires zu entfernen. Gerade jetzt, da alles makellos war, musste diese Tasse kaputtgehen und den Wert der kostbaren Sammlung zerstören.

6

Für die Contessa sind die Sonntage die schlimmsten Tage.
»Mama, schau nicht so *traulich*!«, sagt Carlino, nachdem er aufgewacht ist.
Aber wie soll man an einem Sonntag fröhlich schauen, wenn niemand einen je einlädt? Und wenn es dann doch geschieht, bleibt es bei dem einen Mal.
Wenn sie in den Stadtpark gehen, rennt Carlino jauchzend zu einer Kinderschar, doch niemand will ihn dabeihaben.
Besonders schlimm ist es im Winter. Denn bei dem herrlichen Meer, das sie hier auf Sardinien haben, kann man unmöglich ein Kind im Haus einsperren. Salvatore, Maddalena und Noemi mögen Carlinos Gesellschaft natürlich, zumindest ertragen sie ihn, aber bei ihnen gibt es weder andere Kinder noch einen Vater, und er will nun mal Kinder und einen Vater, und nur die richtigen Familien stellen ihn zufrieden.
Wer die Contessa und ihren kleinen Jungen schon mal am Strand gesehen hat, weiß, dass Carlino, kaum sind sie angekommen, ausbüxt und sich angezogen ins Wasser stürzt. Seine Mutter rennt hinter ihm her, zerrt ihn an den Strand zurück, zieht ihm das T-Shirt und die klatschnassen Shorts

aus und streift ihm die Badehose über. Kaum sieht er dann, wie andere Kinder ihr Spielzeug auf dem Sand ausbreiten, nähert er sich ihnen. Und wenn ein Vater seinen Sohn huckepack trägt, zerrt er den Kleinen herunter und will selbst auf den Rücken des Mannes steigen.
Manchmal, wenn die Contessa mit jemandem ins Gespräch kommt, wird sie gefragt, ob er denn keinen eigenen Vater habe. Sieht sie denn nicht, wie er die Väter der anderen Kinder belästigt, sich ihnen an den Hals wirft?
»Natürlich hat er einen Vater«, antwortet die Contessa, »er geht zweimal in der Woche zu ihm, um dort Klavierstunden zu nehmen.«
»Klavierstunden? So klein und schon Klavierstunden? Sie müssen sich unbedingt verloben, meine Liebe. Es kann doch nicht so schwer sein, einen anderen Vater für den Jungen zu finden. Wo ein Wille ist, ist auch ein Weg!«
Die anderen Kinder mühen sich mit ihren Schwimmflügeln ab, nehmen sich bei den Händen und stürzen sich kopfüber ins Wasser.
»Ich will auch einen fliegenden Fisch machen!« Und schon rennt Carlino hinter ihnen her. »Ich will auch Flügel zum Fliegen!« Doch die anderen sind schon weit weg.
Die Contessa würde mit ihm am liebsten wieder nach Hause fahren, aber das geht nicht, also muss sie sich zusammenreißen.
Die Mütter reiben sich mit Sonnenöl ein und machen es sich auf ihren Liegestühlen bequem, denn ihre Kleinen sitzen nach dem Baden brav in ihren Bademänteln da und essen etwas. Die Kinder halten sich von Carlino fern. Doch diese kleine Nervensäge lässt ihnen keine Ruhe. Wenn die anderen ihre Sandburgen bauen und er sie zerstört, rennt die Contessa zu ihm hin.
»Warum hast du sie zum Einsturz gebracht? Warum?«

Wozu, fragt sie sich dann in ihrer Verzweiflung, wozu sind die Fußwege zwischen den Trockenmauern gut, die sich durch die Macchia ziehen, die Stille – mal abgesehen von den Grillen und Zikaden –, wozu die Strände, diese Bänder aus Gold und Blau, an denen man im Liegen die ausrollenden Wellen beobachten kann, die einem die Füße lecken, wozu die engen Straßen, die sich über die Klippen winden, und das grenzenlos weite Meer? Wozu sind die Hügel gut mit den flachen Felsen, die silbernen Klippen, die wie Mondkrater aussehen und auf denen sich natürliche Teiche voller Sand bilden, und das Meer, das immer schön ist: mal bedrohlich, wenn sich die Wellen tosend zu einer Wand aufbäumen und grollend wieder zusammenstürzen, und dann wieder unendlich sanft, wenn es einen vollkommen bewegungslos empfängt? Wozu ist all das gut, wenn man am Ende doch nur traurig ist?

Doch an einem Tag wie diesem hat Carlino den Nachbarn entdeckt. Die kleine Nervensäge wurde mal wieder von allen Kindern geschnitten, als eine Gruppe von Männern, vielleicht Väter, die ihre Frauen auf den Liegestühlen und die Kinder bei ihren Sandburgen zurückgelassen hatten, sich an der Strandlinie zusammenfand. Sie hakten die Beine ineinander und bildeten eine gewundene, drachenköpfige Schlange. »Eins!« Und das Fabeltier schlängelte sich das Ufer hinab. »Zwei!« Die Geschwindigkeit erhöhte sich. »Drei!« Und das Tier stürzte sich mit den Köpfen voraus unter heftigem Spritzen und Schäumen in die Wellen.
Carlino hatte alles stehen und liegen lassen und war zu dem magischen Untier mit den lachenden Köpfen gerannt.
»Hau ab, du Nervensäge!«, riefen die Köpfe. Doch einer von ihnen meinte: »Der Junge ist mein Nachbar!« Und da durfte Carlino auf das Fabeltier klettern und auf dem

magischen Drachen durch die Fluten reiten. Und wahrscheinlich zum ersten Mal hieß ihn das Meer wirklich willkommen, wie einen kleinen Fisch, der sich an Land verirrt hatte.
Als der Junge zu Hause kurz darauf den Nachbarn jenseits der Mauer erblickte, rief er nach seiner Mutter. Die lief herbei und trat ebenfalls an die Mauer. Dann setzten sich die Contessa und ihr Sohn rittlings darauf und reichten dem Nachbarn die Hand.

Jetzt ist es schon Herbst, ohne dass der Nachbar sie je in seine Wohnung gebeten hätte. Doch wenn er im Garten ist und sie ihn rufen, kommt er zu ihnen, um sich mit ihnen zu unterhalten.
Noemi versäumt keine Gelegenheit, zu sagen, dass sie ihn nicht erträgt, weil sein Garten voller Unkraut ist und weil er sie nie einlädt und sie auf Abstand hält und immerzu einen dieser speziellen Rohrstöcke in der Hand zu haben scheint, mit denen man Kaktusfrüchte erntet, während diese dumme Gans von einer Schwester mit ihrem Sohn an der Mauer steht und ihn anhimmelt.

Carlino hatte es von Anfang an schwer.
Am Tag seiner Geburt hörte die Contessa in ihrem Klinikzimmer Geräusche aus dem Säuglingsraum, wo offenbar große Aufregung herrschte. Sofort dachte sie: »Warum unter all den Babys ausgerechnet mein Sohn?« Sie wusste ganz sicher, dass es um ihr Kind ging, und so war es auch. Bis zu diesem Moment war sie glücklich gewesen, noch nie hatte sie ein solch wunderbares Glück verspürt. Aus ihrem unförmigen Leib, der aussah, als wäre er mit Ricotta gefüllt, war doch tatsächlich ein menschliches Wesen herausgekommen. Unglaublich. Man hatte ihr gesagt, dass alle

Frauen seit Menschengedenken Kinder zur Welt brächten, doch sie hatte nicht geglaubt, eine Frau wie andere zu sein. Sie glaubte aus Ricotta zu sein und nicht aus Fleisch und Blut.

Sie zog den Mantel über das Nachthemd, stürzte in den Säuglingsraum, überzeugt, ihr Baby sei krank. Kurz darauf traf Noemi ein, die ihr versicherte: »Dein Kind wird überleben«, und zwar im Ton einer älteren Schwester, die eine systematische Sichtweise hat. Und die Contessa vertraute ihr. Zu Recht, wie sich herausstellen sollte. Nach einer Woche in der Kinderklinik war der Säugling außer Gefahr, und sie konnte ihn mit nach Hause nehmen. Maddalena, seine Patin, betete den kleinen Neffen anfangs förmlich an, doch das änderte sich irgendwann, so als hätte sie plötzlich den Gefallen an ihm verloren.

Carlino war nicht so, wie sich die Schwestern das Baby vorgestellt hatten, ein kleiner Fratz, der ihre Herzen erfreuen würde. Doch auch ihnen schien es nicht zu gelingen, ihn zufrieden und glücklich zu machen. Kaum konnte er gehen, begann er wegzulaufen, sodass man Türen und Fenster schließen musste, ansonsten überwand er in Windeseile sämtliche Hindernisse, wie Balkone und Simse, oder entwischte durch den Hauseingang, um das Weite zu suchen. Auf Carlino aufzupassen war wahrlich kein Vergnügen.

Auch äußerte er nie diese typisch kindlichen Gedanken, mit denen Kleinkinder die Erwachsenen entzücken, und selbst nachts gab er keine Ruhe. Wenn die Contessa mit einem Freund ausging und sie Carlino bei Maddalena und Salvatore ließ, verlangte der Kleine vor dem Schlafengehen einen Kochlöffel aus Holz, einen, wie man ihn zum Umrühren der Pastasoße benutzt, mit dem er dann im Traum laut schreiend um sich schlug. Da konnte es schon mal passieren, dass, wenn die Contessa am frühen

Abend mit Carlino in den ersten Stock kam und die Klingel drückte, selbst Maddalena, die sich so sehr nach einem Kind sehnte, tat, als wäre sie nicht zu Hause. Die Tanten hätten keine Mühe gescheut, um den Neffen glücklich zu machen, doch dieses Kind war auf seine ganz eigene Art unglücklich, und man war machtlos dagegen. Und selbst den Kleinen zu fotografieren, mit seiner Brille, die wie eine Taucherbrille anmutete, machte keinen Spaß. Nur Noemi trug in ihrem Portemonnaie ein Foto von Carlino bei sich und zeigte es ungezwungen, ja beinahe stolz herum.

Kurz und gut, es war für alle ganz schön hart, sich nach den Monaten des Wartens an ein so merkwürdiges Geschöpf zu gewöhnen, wie es nur aus dem Bauch der Contessa hatte herausschlüpfen können.

Seine Mama spürt das allgemeine Aufseufzen, wenn es um ihr Kind geht. Genau wie bei ihr. Je näher sie Carlino kommen und je mehr sie sich um ihn bemühen, umso tiefer der Seufzer, den sie vernimmt.

Alles andere scheint dagegen ein Kinderspiel: Sogar Verrichtungen, wie die Tomaten für die Pastasoße gründlich zu enthäuten, Zwiebeln zu hacken, einen Saum um- oder einen Knopf anzunähen oder sich Mühe zu geben, niemanden zu unterbrechen, wenn man etwas nicht verstanden hat, ja sogar die Kunst, diese köstliche Ricotta-Nachspeise unbeschädigt umzustürzen, all das ist leichter, als in Gegenwart des Jungen nicht ständig aufzuseufzen.

Ungefähr zur gleichen Zeit wie Carlino musste der Kater Míccriu geboren worden sein. Als er zu ihnen kam, war er noch so klein, dass er in eine Hand passte. Maddalena fand ihn auf einem Müllcontainer, und Miccriú miaute so drollig-sanft und sah ihr geradewegs in die Augen. Plötzlich sprang er ihr auf die Schulter und rieb sich an ihrer Wange. So eroberte er ihr Herz, und sie empfand keinerlei Ekel vor diesem streunenden Kätzchen, das womöglich Räude hatte.

Maddalena und Salvatore behaupten, Míccriu sei der klügste Kater der Welt. Er blickt einem fest in die Augen und versteht, was man denkt. Und der wohlerzogenste, denn wenn er etwas haben möchte und sie es ihm geben, bedankt er sich durch ausgiebiges Schnurren und behagliches Kneten mit den Pfoten. Davon abgesehen ist er ein Magier, denn wenn sie sich nicht sicher sind, ob sie etwas tun oder lassen sollen, brauchen sie ihn nur um Rat zu fragen: Wenn er dagegen ist, faucht er, und wenn er dafür ist, springt er ihnen auf die Schulter und reibt sich an ihrer Wange.

Míccriu ist nun kein armer Kater mehr, der nichts als die Tigerstreifen auf seinem Fell besitzt, sondern hat jede Menge Spielzeug, wie etwa alle möglichen Sorten von Bällen und Spielmäusen, außerdem einen Korb und eine Schüssel, die immer sauber sind, und vor allem zu fressen im Überfluss. Er wiegt jetzt sechs Kilo.

Wenn er aber so intelligent ist, wie sie meinen, begreift er gewiss nicht, warum Maddalena immer ruft: »*Míiiccriu! Míiiccriu!* Komm zu Mama!«, sondern erinnert sich daran, dass seine Mama kein Mensch war.

7

Als die Contessa Carlinos Vater vor sechs Jahren fröhlich verkündete, dass sie schwanger war, brach er in Tränen aus.

Da tat er ihr leid, und sie sagte ihm, dass er sich nichts daraus machen solle, er müsse das Kind ja nicht anerkennen, geschweige denn sie heiraten oder bei ihnen wohnen. Schließlich habe sie ja Noemi, Salvatore und Maddalena, und mit vier Erwachsenen sei es überhaupt kein Problem, ein Kind großzuziehen.

Bei diesen Worten beruhigte er sich. Trotz allem erkannte er Carlino als sein Kind an, nur dass er von diesem Tag der Verkündung und des Weinanfalls an nicht mehr mit dessen Mama schlafen wollte.

Die Contessa hat keine Ahnung, ob sie schön ist oder nicht, wohl eher nicht, glaubt sie. Jedenfalls zieht sie sich nachlässig an, sehr zum Leidwesen Maddalenas, die immer so prächtige Sachen näht. Deshalb hat sie es sich auch zur Aufgabe gemacht, die jüngere Schwester neu einzukleiden. Sie stellt die Contessa immer wieder auf eine harte Geduldsprobe, muss diese doch lange ruhig dastehen, damit Maddalena Maß nehmen und mit Seidenpapier und Stecknadeln ein Schnittmuster für ein perfekt sitzendes Modell anfertigen kann. Aber mag das Kleid an und für sich noch so schön sein, sobald die Contessa mit ihrer Vorliebe für flache, breite Schuhe es trägt, wirkt es mit einem Mal nicht mehr so vollkommen, sondern kläglich, sodass sich seine Trägerin darin wie eine Bettlerin vorkommt. Die Contessa schenkt das Kleid dann Noemi, denn es Maddalena mit ihren weiblichen Kurven zu überlassen hat keinen Zweck, der würde es ohnehin nicht passen. Doch Maddalena gibt sich nicht geschlagen und will es unbedingt mit einem anderen Modell versuchen. Es dauert nicht lange, bis sie abermals mit ihrem Nähkorb daherkommt, in dem sich Nähseide in allen möglichen Farben und Näh- und Stecknadeln befinden, und die Tortur beginnt von neuem.

Trotz ihres nachlässigen Aufzugs mangelt es der Contessa nicht an Verehrern. Wenn sie mit einem von ihnen ausgeht, lässt sie Carlino in Salvatores und Maddalenas Obhut. Doch zu deren Leidwesen lernen sie nie einen von ihnen kennen, denn bevor es dazu kommen könnte, finden sie die Contessa zusammengerollt auf dem Bett. Dann setzen sich Salvatore und Maddalena und neuerdings auch die Tata zusammen mit Carlino auf den Bettrand, bis aus dem Knäuel endlich eine Hand hervorlugt, die sie streicheln können, oder ein Fuß, den das Kind kitzelt, womit es die Contessa zum Lachen bringt. An diesem Punkt nun greift Salvatore ein, und auch wenn er etwas Banales von sich gibt, zum Beispiel: »Wenn sich eine Tür schließt, öffnet sich eine andere«, oder »Du bist dem Richtigen halt noch nicht begegnet«, verfehlen die Worte, aus seinem Munde gesprochen, ihre Wirkung nicht, denn ihrem Schwager vertraut die Contessa blind.

In der Tat steht sie dann auf und sagt, dass sie sich zurechtmachen müsse, weil sie zum Schulamt gehen will, um zu sehen, ob sie nicht wieder eine Lehrvertretung für sie haben.

Carlinos Vater holt den Kleinen an zwei Nachmittagen in der Woche ab und nimmt ihn mit zu sich nach Hause, wo ein Klavierlehrer den beiden Unterricht erteilt.

Die Arbeit des Vaters hat überhaupt nichts mit Musik zu tun, aber er träumte von Kindesbeinen an davon, eines Tages Musiker zu werden. Kaum hatte er ein wenig Geld verdient, nahm er Klavierstunden und kaufte sich einen Steinway. Und an diesem findet der gemeinsame Unterricht mit dem Sohn statt.

Carlinos Vater hält gegenüber der Contessa und der Tata mit seiner Meinung nicht hinter dem Berg, sondern sagt ihnen ganz offen, dass sein Sohn für sein Alter ziemlich zurückgeblieben ist, und zwar nicht nur, weil er für seine fünf Jahre noch so wenig spricht, sondern in jeder Beziehung. In jeder, abgesehen vom Klavierspielen. Am Klavier ist der Sohn wirklich gut, da kommt er ihm wie ein normales Kind vor, und er ist fast froh, ihn zu haben.

Mit Noemi würde er nie so reden. Aber obwohl die Älteste seine Worte nur aus zweiter Hand kennt, scheint es, als würde sie sie mit eigenen Ohren hören, denn sie kann sie haarklein wiedergeben. Sie verurteilt Carlinos Vater wegen dieses Geredes und weigert sich, ihn zu grüßen.

Die Contessa nimmt ihn hingegen nach wie vor in Schutz, bemitleidet ihn gar, weil er keine Kinder wollte, was er ihr ja auch klipp und klar gesagt hatte, und nun tut sie alles, um ihn dafür zu entschädigen, einmal den Fehler begangen zu haben, eine Beziehung mit ihr einzugehen, einer so schusseligen, zu nichts zu gebrauchenden Frau. Nach wie vor schenkt sie ihm Möbel und Teile des Geschirrs, das sie geerbt hat, sodass ihre Wohnung immer trostloser wird und jedes Mal wieder der Streit mit Noemi entfacht, einschließlich des Türen- und Fensterzuschlagens, weil Noemi nicht verstehen kann, dass die Contessa alles Armselige und Elende liebt statt des Schönen und Wertvollen.

Selbst in Gesellschaft der Zigeuner fühlt sich die jüngste Schwester wohl. Sie hat sogar Freundschaft mit einer Zigeunerin geschlossen, mit Angelica, die ein kleines Kind hat, Antonio, das einzige, das mit Carlino spielen möchte. Noemi sagt, dass die Zigeuner schmutzige Diebe seien, doch auf Angelica und Antonio trifft das gewiss nicht zu, denn die sind sauber und riechen gut. Die Contessa selbst versorgt sie mit Shampoo und Schaumbad, und noch nie ist jemandem aufgefallen, dass im Haus etwas fehlt. Noemi sagt sogar, dass sie Lügner sind, und das stimmt auch, doch ihre Schwester erklärt ihr, dass sie andere Verhaltensregeln und eine andere Lebensphilosophie haben und dass sie einer Lüge nicht denselben Stellenwert beimessen wie wir.

Wie alle Zigeunerinnen liest auch Angelica die Zukunft. Sie sagt zum Beispiel voraus, dass die Contessa fliegen wird. Als die Schwestern das hören, sind sie sehr erstaunt, weiß man doch, dass der einzige Flug, den die Contessa zustande bringen könnte, der aus einem Fenster wäre oder von der Bastion Saint Remy herunter, die hoch oben über der Altstadt thront.

8

Elias ist auf das Baugerüst vor Noemis Fenster geklettert. Wie Romeo auf den Balkon von Julia.
»Der Liebe leichte Schwingen trugen mich. Kein steinern Bollwerk kann der Liebe wehren, und Liebe wagt, was irgend Liebe kann«, flüsterte er ihr durch die geschlossenen Fensterläden zu. »Liebe ein zartes Ding? Sie ist grob, zu roh, zu wild und sticht wie Disteldorn.«
Noemi konnte nicht widerstehen und öffnete das Fenster, um ihn zu fragen, woher er Shakespeare kenne. Also erzählte Elias ihr, dass er das klassische Gymnasium besucht habe, wofür seine Familie erhebliche Opfer aufbringen musste. Er selbst sei immer um vier Uhr morgens aufgestanden, um mit dem Bus von seinem Dorf nach Cagliari zu fahren, zum Dettori, der damals strengsten Schule von ganz Sardinien. Und er sei, auch wenn das jetzt angeberisch klinge, ein guter Schüler gewesen. Nur seine Schulkameraden waren Arschlöcher, hatten ihn ausgelacht und gesagt, dass er nach Pecorino rieche, auch wenn er sich öfter wusch als sie. Außerdem hatten seine Eltern das Verbrechen begangen, ihn Elias zu nennen. Hätten sie keinen normalen Namen für ihn aussuchen können? Also hatte er nach der Mittelstufe die Schule geschmissen. Doch das, was er bis

zur Oberstufe auf dem Gymnasium gelernt hatte, vergaß er nicht wieder. Am liebsten wäre er Tierarzt geworden, aber daran war natürlich nicht zu denken. Er hätte auch gern Landwirtschaft oder Architektur studiert. Na ja, da war halt nichts zu machen. In gewisser Weise sei er jetzt ja Tierarzt und auch Landwirt, schließlich kümmere er sich um das Vieh und die Felder seines Bruders. Und ein bisschen Architekt sei er obendrein, denn bei einem Restaurierungsauftrag beschränke er sich nicht nur auf die Ausführung, sondern sage auch immer seine Meinung.

Den beiden Schwestern gefällt es, dass er Noemi den Hof macht. Es gefällt ihnen jedoch nicht, dass er Kommunist alten Kalibers ist. Sobald die Rede darauf kommt, was in der Stadt alles falschläuft und wer alles Fehler macht, kommt er gleich mit dem Straflager daher. Was gar nicht dazu passen will, ist, dass er diese Hochglanzzeitschriften für Männer liest, und statt nach der Arbeit gleich in sein Dorf zurückzufahren, macht er lieber einen Schaufensterbummel, um Krawatten, Anzüge und Markenschuhe zu betrachten. Dass er die edlen Schuhe in Seidenpapier eingewickelt aufbewahrt, damit sie keine Kratzer bekommen, gefällt den Schwestern wiederum.

Seine tiefsitzenden Hüfthosen behagen den Gräfinnen dagegen nicht, ebenso wenig wie die Tatsache, dass er zu viel Parfüm auflegt und sich nach jedem jungen Mädchen umdreht, das vorbeigeht.

Anfangs befürchteten sie, dass Elias als Sohn sardischer Schäfer allzu enge Vorstellungen über die Liebe haben könnte. Was würde zum Beispiel passieren, wenn Noemi ihn eines Tages nicht mehr haben wollte? Doch jetzt machen sie sich Sorgen, dass eher das Gegenteil eintreffen könnte. Sie denken, dass es besser wäre, wenn Elias traditionelle Vorstellungen hätte, in Anbetracht der Tatsache, dass er von unzähligen Frauen umschwärmt wird, die offensichtlich von seiner Persönlichkeit fasziniert sind, die so anders ist, als man sie von einem Schäfersohn erwarten würde, und von seinen Pianistenhänden, seinem hellen Teint, dem frischen Blick, den feinen Zügen.

Noemi hingegen weiß nicht, ob er sich von ihr als Frau angezogen fühlt oder nicht eher von ihrem Adelsstand, jedenfalls lässt seine Sammelleidenschaft für edles Geschirr von den Tafeln der Reichen nicht darauf schließen, dass es sich um eine ganz uneigennützige Anziehung handelt. Was sie aber am meisten stutzig macht, ist die Tatsache, dass er und sein Bruder einen schwebenden Rechtsstreit haben, in dem es um irgendwelche Fenster an ihrem Bauernhof geht, die der Nachbar ihnen nicht zu öffnen erlaubt, weil sie auf seinen Hof hinausgehen, und da könnte es doch sein, dass ihm eine Richterin als Freundin gelegen kommt.

Doch auch Elias gefällt nicht alles an Noemi. Nicht, dass er sie hässlich findet, aber sie ist ihm zu groß und zu mager und zu ernst, ihre Haare sind ihm zu schwarz und ihre Kleider zu dunkel, zu streng, zu farb- und faltenlos und auch zu schnörkellos und zu wenig dekolletiert. Am liebsten würde er ihr sagen, sie solle sich anders anziehen, doch dann denkt er sich, sie wird schon wissen, was elegant ist, und hält den Mund.

Ihm gefällt auch nicht, wenn Noemi sich anmaßt, ihm zu sagen, wie er sich kleiden soll, oder wenn sie ihm mit ihren fixen Ideen zu gesunder Ernährung und zum Cholesterin- und Blutzuckerspiegel und Blutdruck auf die Nerven geht. Nicht ein Mal hat er es bisher erlebt, dass Noemi die Gottesgaben isst, die er ihnen vom Land mitbringt, ohne herumzunörgeln. Meistens spielt sie dann die Trotzige und steht verärgert vom Tisch auf, ohne etwas angerührt zu haben.

Ganz zu schweigen davon, wenn er Noemi die Schönheiten seiner Gegend zeigen will und sie immer gleich mit lästigen Fragen daherkommt: »Wie lange braucht man dahin?« und »Ist es wirklich der Mühe wert?«. Man kann sich ja vorstellen, wie ihn solche Reaktionen enttäuschen müssen.
Einmal wollte er ihr die Pfingstrosen zeigen, die an einem der bezauberndsten Plätze Sardiniens wachsen. Ein Weg schlängelt sich auf einen Berg hinauf bis zu einer Höhe von tausend Metern, entlang einem Bach mit unzähligen kleinen Wasserfällen. Er ist von Binsengrasteppichen und Farn durchzogen und wird von Eiben, Steineichen und moosbewachsenen Hagebuchen beschattet. Und inmitten des in allen möglichen Schattierungen schillernden Grüns und der Wildheit und Stacheligkeit der hier vorherrschenden Pflanzen wachsen diese Rosen ohne Dornen mit ihren großen Blättern, zart und glänzend, und mit ihren samtweichen rosa Blüten. Jetzt ist es Herbst, und sie blühen eigentlich im Frühjahr, aber manchmal blühen sie ein zweites Mal im September und Oktober, aber dann braucht es viel Glück, um sie zu finden. Zuerst wanderte Elias allein hinauf, um sich zu vergewissern, dass es sie gibt, dann überredete er voller Begeisterung Noemi, ebenfalls mit ihm den Berg hochzusteigen. Doch sie fand die Wanderung zu anstrengend und zog eine Schnute, und jedes Mal, wenn er einen Busch dieser auf wundersame Weise zur Unzeit blühenden Pflanzen entdeckte, hinlief, um sie aus der Nähe zu betrachten, und sie zu sich rief, zuckte sie die Schultern und sagte, sie sei müde und wolle lieber nach Hause.
Noemi indessen versucht herauszufinden, warum sich Elias in Wahrheit für sie interessiert, und da sie es leider nicht schafft, nicht schlecht von den Menschen zu den-

ken, kommt als Grund für sie nur in Frage, dass er sich von der Welt der Gräfinnen angezogen fühlt. Vielleicht eine Art Revanche für das Leben, das zu führen er sich gezwungen sieht. Aber womöglich hat er ein noch schlimmeres Motiv, nämlich diesen schwebenden Rechtsstreit mit den Nachbarn daheim in seinem Dorf. Noemi vertieft sich in den Fall und forscht nach, welche Vereinbarungen ursprünglich getroffen wurden. Sie glaubt inzwischen, dass Elias nur so lange mit ihr zusammen sein wird, bis sie die Fenster wieder öffnen können.
Sie vertraut sich ihren Schwestern an, und die sagen ihr, dass derlei Gedanken absurd seien, und die Contessa fügt hinzu, die Hauptsache sei, dass man etwas Gutes tut, daher müsse sie eigentlich glücklich sein, wenn sie jemandem helfen könne. Daraufhin meint Noemi, sie solle mit dem Quatsch aufhören, sie helfe den Leuten schon genug, vor allem ihr, der Contessa di Ricotta, die sich herausnimmt, ihre Lehrvertretungen vorzeitig zu beenden, weil sie so zart besaitet ist und weil sie die vielen Störungen nicht erträgt, angefangen vom Wecker in der Frühe über die überfüllten Klassenzimmer bis hin zu den Schülerstreichen. Und deswegen müsse sie, Noemi, ständig für sie und das Kind sorgen. Dann fängt die Jüngste an zu weinen und weiß wieder mal nicht, womit sie die Tränen abwischen soll, weil sie wie immer kein Taschentuch zur Hand hat. Und sie sagt, dass Noemi ja recht habe, dass es besser wäre, wenn sie stürbe, um ihrer Schwester nicht länger auf der Tasche zu liegen. Noemi reicht ihr dann ein Taschentuch und sagt ihr, sie solle endlich lernen, sich zu wehren, statt zu flennen, und sich nicht immer von allen auf den Arm nehmen zu lassen. Das Leben sei ein einziger Konflikt und Überlebenskampf. Sie sei nicht gut, sondern faul, das sei sie.
Gegenüber Elias ist Noemi kein bisschen knauserig. Sie

hat ihm vor kurzem sogar Möbel aus dem Familienerbe geschenkt, auch wenn er auf dem Land nur eine Einzimmerwohnung hat, weil sein verheirateter Bruder den Großteil des Hauses bewohnt.
Elias und Noemi beäugen einander misstrauisch wie zwei Vertreter völlig unterschiedlicher Arten, doch die beiden Schwestern sind überzeugt, dass es klappen wird.
Den Schwestern gefällt jedoch nicht, dass Elias nur zu Hause Noemis Verlobten gibt, während er, wenn sie ausgehen, Abstand zu ihr hält und in ihrem Beisein auf dem Handy Verabredungen mit anderen trifft, wobei er erklärt, er sei gerade mit einer Freundin unterwegs, einer Richterin und Gräfin.
Die Schwestern mögen ihn trotzdem alle. Na ja, an die tiefsitzenden Hüftjeans und diese neumodischen beschichteten Sweatshirts wird man sich schon noch gewöhnen, vielleicht konnte er sich als Jugendlicher ja nicht richtig austoben, da er als Sohn einer Hirtenfamilie von klein auf mithelfen musste. Auch mit der Tatsache, dass er nur im Kreis der Schwestern den Verlobten gibt, wird man sich anfreunden. Und auch damit, dass er die große Wäschekommode und das Bett mit den beiden Nachttischen angenommen hat, sodass jetzt nicht nur die Contessa, sondern auch Noemi auf dem Lattenrost schläft und die Nachttischlampe auf dem Boden stehen hat.
Noemi tut es bestimmt gut, endlich einmal ihre Gefühle auszuleben, eine völlig neue Erfahrung für sie. Sie ließ sich jetzt sogar von Maddalena farbenfrohe Kleider schneidern. Und wie viele zermürbende Sitzungen hat sie dabei nicht über sich ergehen lassen, während die beiden Schwestern sie mit feierlicher Miene einer kritischen Prüfung unterzogen und Maddalena entdeckte, dass es nicht nur eine Frage ihrer Garderobe war, sondern dass man auch die Augen-

brauen mit einer Pinzette zupfen und die grauen Haare färben und das Gesicht einer gründlichen Reinigung unterziehen musste, um ihren Teint zum Strahlen zu bringen. Auch die Dessous durfte man nicht außer Acht lassen. Mit dem altmodischen Zeug, das sie am Leib hatte, konnte sie Elias jedenfalls nicht unter die Augen treten.
Während der Verwandlungsphase stand Noemi aufrecht wie ein befehlsbereiter Soldat da, in einem Kleid, dessen Saum noch mit Stecknadeln hochgesteckt war, und das Gesicht mit einer Feuchtigkeitsmaske bedeckt, sei es auf der Basis von Eigelb, Gurke oder was auch immer.
Und dann endlich die Zeremonie, in der Noemi den Feinschliff erhalten sollte, um bereit zu sein für Elias. Lächelnd und verjüngt betrachtete sie sich im Spiegel, während sie sich ein ums andere Mal zu der Tata und den Schwestern umdrehte und fragte: »Bin ich das wirklich?«
Seit Noemi nahezu schön ist, lieben sie und Elias sich in dessen Wohnung auf dem Land fast Tag und Nacht. Doch wieder zu Hause, umarmt Noemi ihre Schwestern und die Tata und sagt laut und vernehmlich: »Endlich wieder daheim. Puh, was für ein stinkendes Kaff! Und diese Stille. Ein wahrer Albtraum!«
Laut seiner Tante, der Tata, mag Elias zwar die Frauen, nicht jedoch die überwältigenden Gefühle, die mit einer Beziehung einhergehen, wie zum Beispiel, Noemi zu vermissen, wenn sie nicht da ist. Es geht ihm besser, wenn er nichts Starkes empfindet, meint die Tata. Außerdem nehme ihm Noemi mit ihrem Gejammer, dass er sie nicht ausreichend liebe, bestimmt die Luft zum Atmen.
»Wir werden uns ohnehin trennen«, sagt Elias zu seiner Tante.
»Warum?«
»Es kann nicht für immer sein. Nichts ist für immer.«

Wenn Elias bei Noemi übernachtet hat, geht er frühmorgens zum Caffè De Candia und macht einen Abstecher zur Via Fossario, von wo aus er den Blick auf Cagliari genießt. Wie ist das Leben doch schön!, denkt er und würde es am liebsten anhalten. Doch selbst wenn er sich mit Noemi einig ist, dass auch das Heimliche irgendwann seinen Reiz verliert und in Gewohnheit, Vorhersehbarkeit und Langeweile umschlägt, findet er keine Lösung für ihr Verhältnis. Er kommt nur zu dem Schluss, es sei besser, gar keine Beziehung einzugehen und sich gänzlich aus dem Weltsystem herauszuhalten.
In seinem Dorf ist er glücklich, fern von der Stadt und Noemi und im Bewusstsein, beides mit dem Auto in zwei Stunden erreichen zu können.
Elias wäre es am liebsten, wenn alle so täten, als ob nichts wäre.
Doch die Tata kann nicht anders, als ihm zu zeigen, wie glücklich sie ist, so als wäre ihr Neffe ein Leibeigener, der dabei ist, eine Burgherrin zu erobern. Verlässt er Noemis Wohnung früh am Morgen oder kommt er spätabends vorbei wie alle heimlich Verliebten, steht die Tata in der Tür zum Treppenabsatz. Wenn es früh am Morgen ist, lädt sie ihn zum Frühstück ein, bei dem sie geröstetes Weißbrot oder Dolci Sardi zum Milchkaffee reicht. Doch Elias zieht es meist vor, im Caffè De Candia zu frühstücken.
Als kleiner Junge hat er immer davon geträumt, eine der kleinen Gräfinnen zu heiraten, bei denen die Tante arbeitete. Manchmal kamen sie mit ihr und ihrem Vater in sein Dorf. Ihre Mutter bekam man allerdings nie zu Gesicht.
Beim Hochzeitsfest seiner Tante sah er die Gräfinnen wieder, doch von diesem Tag hat er nur eine Erinnerung bewahrt, nämlich den Eindruck, den ihr Hochzeitsgeschenk auf ihn machte, ein funkelndes Kaffeeservice – Tablett,

Kanne, Milchkännchen, Zuckerdose in Silber und Tassen und Untertassen mit einem Dekor in Silber, Gold und einem Blau, das dem der Madonnenmäntel auf den Gemälden des 15. Jahrhunderts ähnelte.

9

Obwohl Carlino schielt und deswegen diese komische, wie eine Taucherbrille anmutende Brille tragen muss, ist er keineswegs hässlich. Und auch wenn er die Wörter verdreht und oft stottert, ist er nicht dumm. Seit er entdeckt hat, dass einer der Köpfe des magischen Drachen vom Strand jenseits der Mauer wohnt, klettert er immer auf einen Ziegelsteinstapel, der ihm als Leiter dient, und ruft hinüber: »Drachen! Drachen! Komm heraus!«
Wenn ihm der Nachbar nicht antwortet, ruft er immerzu weiter, und manchmal schauen die Bewohner der verkauften Wohnungen zu den Fenstern heraus und schimpfen mit ihm, sagen, er solle hineingehen, anstatt sie weiter zu belästigen, anderenfalls würden sie die Polizei rufen.
Mit hängendem Kopf trottet er dann in die Wohnung zurück.
Doch wenn der Nachbar da ist und den Jungen rufen hört, kommt er an die Mauer und redet mit ihm. Die Mauer ist ziemlich niedrig, nicht einmal mannshoch, doch der Nachbar bleibt immer auf seiner Seite. An den Gesten des Kindes erkennt dann auch die Contessa, dass der Nachbar da ist. Rasch legt sie Lippenstift und Lidschatten auf und kämmt sich die Haare, ehe sie unter irgendeinem Vorwand

hinausgeht, zum Beispiel, um Wäschestücke aufzuhängen, die bereits trocken sind, oder Blumen zu gießen, die bereits gegossen wurden.

Sie redet und redet, um ihn in ein Gespräch zu verwickeln, und manchmal lädt sie ihn auch ein, über die Mauer zu klettern und sich ihren hübschen Garten anzuschauen oder zu ihnen in die Wohnung zu kommen, doch er hat immer etwas zu tun und sagt: »Nein, danke, ein andermal vielleicht.« Niemand in der ganzen Nachbarschaft weiß etwas über diesen Mann, er ist und bleibt für alle ein Rätsel.

Das Kind darf ihn mit Fragen löchern, auf die es offensichtlich auch eine Antwort bekommt, denn es erzählt, dass er ein Boot hat, mit dem er zum Angeln hinausfährt, und dass er mit einem Flugzeug fliegt und anderen Menschen das Fliegen beibringt. Seither schaut Carlino immerzu in den Himmel.

»Ein *F-Flugzeug*!«, jauchzt er, sobald er eines am Himmel sieht. »Ein *F-Flugzeug*!«

Neuerdings hat sich der Nachbar angewöhnt, dem Jungen eine Tüte mit Fischen für die Mama zu geben, wenn er mal wieder einen guten Fang gemacht hat.

Dann hat sie das Gefühl, vor lauter Rührung ohnmächtig zu werden, und rennt an die Mauer, um ihn einzuladen, mit ihnen gemeinsam den Fisch zu essen, doch er ist bereits wieder in seiner Wohnung verschwunden, und ihr Rufen ist vergebens. Geht die Contessa dann hinaus, biegt um die Ecke zu seiner Wohnung und betätigt seine Klingel am Tor, öffnet er nicht. Dann nimmt sie all ihren Mut zusammen, betritt durch den dunklen Torgang den Innenhof und wagt sich bis zur Treppe vor, von wo sie meistens Licht durch die Glastür sickern sieht oder den Fernseher hört. Einmal hat sie ihn gefragt, warum man aus seiner

Wohnung immer Geräusche vernimmt, auch wenn niemand da ist, woraufhin der Nachbar sagte, dass er, wenn er zu Hause sei oder nach Hause komme, einen Klangteppich aus Stimmen und Musik brauche. Das gebe ihm die Illusion einer großen Familie, und deshalb lasse er immer den Fernseher an.

Die Frau, mit der der Nachbar zusammen war, die, die Geige spielte und sich um die Blumen kümmerte, wohnt nicht mehr da. Jetzt, im Herbst, sind die Pflanzen verdorrt und eingeknickt und lassen die Köpfe hängen.

10

Neulich abends hat Elias Noemi eingeladen, mit ihm und ein paar Freunden auszugehen, sodass jeder sie zusammen sehen konnte.
Maddalena war glücklich, da die Älteste ihrer Meinung nach nun doch nicht unverheiratet bleiben würde, und bestand darauf, das Ereignis mit einem Festessen zu feiern. Als ersten Gang kochte sie Gnocchi mit Meeresfrüchtesoße, als Hauptgang Bottarga, ein Gericht aus dem Rogen der Meeräsche, mit kleingeschnittenen Artischocken und als Beilage Puntine mit Sardellensoße. Während sie die Gnocchi und alles andere zubereitete, trällerte sie die ganze Zeit vor sich hin, derweil sich Salvatore um den Wein kümmerte.
Die Contessa, die ihre Familie bei dieser Gelegenheit mit einer exotischen Köstlichkeit überraschen wollte, bat Angelica, ihr zu helfen, etwas Rumänisches zu kochen. Und zwar das außergewöhnlichste Gericht, das diese Küche zu bieten hat.
»Steak!«, rief Angelica aus. »Ein mageres Steak!«
»Aber das ist nichts Besonderes. Damit kann ich niemanden überraschen.«
»Dann eben Wurst!«

Also kochte die Contessa lieber nichts. Wie üblich.
Zu Carlinos Leidwesen endete das Fest vor Mitternacht.
Maddalena und Salvatore machten das Licht aus und ließen die Fenster auf, weil es im Herbst, wenn schon die Blätter von den Bäumen fallen, noch so warm ist auf Sardinien, dass man sogar weiterhin im Meer baden kann.
Der Mond beleuchtete wie ein Opalglas den noch nicht abgedeckten Tisch und tauchte das Zimmer in ein phosphoreszierendes Licht.
»Zieh dich aus und setz dich an den Tisch, wo du vom Mondlicht beschienen wirst«, forderte Salvatore seine Frau auf.
Maddalena zog sich aus, und sie nahmen beide wieder Platz. Dann fuhr sie mit dem eiskalten Weinglas über ihre Nippel, damit sie hart wurden. Ihre Brüste richteten sich auf und wirkten im Mondlicht noch größer.
»Spreiz die Beine, befeuchte deine *Yoni* mit Wein und leck dann deine Finger. Sag mir, welchen Geschmack sie haben.«
Sie tauchte die Finger in ihr Weinglas und schob sie dann in ihre *Yoni*. Sie leckte daran und versuchte, den Geschmack möglichst genau zu beschreiben.
Er stand vom Tisch auf, rückte seinen Stuhl vor sie hin und setzte sich.
»Öffne jetzt meinen Gürtel und nimm ihn heraus. Leck ihn ordentlich, und sag mir dann, wie mein *Lingam* schmeckt, mit dem Wein und dem Duft deiner *Yoni*.«
Sie tat, wie ihr geheißen. Bis sie es nicht mehr aushielten und zusammen kamen, er in ihrem Mund und sie in ihrer eigenen Hand, sodass sie es vor lauter Lust versäumten, dass er in sie eindrang, obwohl sie ausgerechnet an diesem Tag womöglich fruchtbar war.
Maddalena ist jetzt unglücklich deswegen. Weil es keine

Gegenwart ohne die Zukunft gibt. Verrückt vor Begehren, haben sie eine Gelegenheit vertan, an einem Tag, da Salvatores Samenzellen womöglich besonders kraftvoll und Maddalenas Eizellen besonders empfänglich waren.

Anschließend ging er ins Schlafzimmer, legte sich ins Bett und schlief augenblicklich ein. Sie stellte sich in ihrem hauchdünnen, durchsichtigen Nachthemd auf den Balkon – es kommt ihr nie in den Sinn, dass jemand sie sehen könnte, insbesondere in einer mondhellen, blauen, milden Nacht wie dieser, wenn jenseits der Straße das Meer funkelt und glänzt.

Plötzlich hörte sie Stimmen. Kurz darauf sah sie Elias mit einem viel jüngeren Mädchen unten vorbeigehen, gefolgt von Noemi und ein paar weiteren Mädchen. In ihrem roten Schlauchkleid, mit dem Satinschal und der Perlenkette wirkte sie wie eine gutmütige Mutter, die nächtens ihre mit auf der Hüfte sitzenden Miniröcken und engen, kurzen Tops bekleideten Töchter nach Hause bringt. Doch in Wahrheit war es umgekehrt: Die Mädchen begleiteten Noemi bis ans Tor. Sie gaben ihr einen Wangenkuss. »Gute Nacht.« – »Gute Nacht.« Auch Elias, der die kleine Prozession anführte, kehrte kurz um und küsste sie zuerst auf die eine Wange, dann auf die andere. Anschließend setzte sich der kleine Ausgehtrupp wieder in Bewegung. Das Tor fiel ins Schloss. Gefolgt vom Geräusch der hastigen, leisen Schritte Noemis, die sich bemühte, niemanden zu stören.

Maddalena ging wieder hinein, um die köstlichen Reste des Abendessens dem Kater zu geben, der immerzu davon träumt, sein Leben auf der Straße wieder aufzunehmen.

Doch dann ließ die Sorge um Noemi sie nicht in Ruhe, und sie stieg zur Wohnung der Schwester hinauf. Wie befürchtet, fand sie sie in Tränen aufgelöst und mit mascaraverschmierten Wangen.

»Die Liebe ist nichts für mich«, schluchzte sie, »mir war klar, dass ich nicht dafür geschaffen bin. Ich weiß einfach nicht, wie das geht. Bei diesem furchtbaren Abendessen, zu dem er mich eingeladen hat, haben wir nicht einmal nebeneinandergesessen, und er hat so getan, als wäre ich irgendeine x-beliebige Freundin. Er ist falsch und berechnend. Warum hat er mich nur nicht in Ruhe gelassen? Es ging mir so gut ohne ihn, und jetzt würde ich am liebsten sterben bei dem Gedanken, dass er nicht mehr da sein könnte. Niemand bedeutet mir mehr etwas, nicht einmal ihr, meine Familie. Das Kind, das du dir so sehnlich wünschst, ist mir auch egal, wo ich früher doch dafür gebetet habe. Mir ist es auch gleich, wenn sich unsere Schwester das Leben nehmen will. Im Gegenteil, ich glaube sogar, dass sie gut daran täte. Was hat so eine wie sie auf der Welt verloren? Und überhaupt, was haben wir alle auf der Welt verloren? Sogar das Haus ist mir egal. Du weißt ja, wie sehr ich es geliebt habe. Wie habe ich mir nicht den Kopf deswegen zerbrochen, gespart und Pläne geschmiedet, nächtelang hin und her gerechnet! Und jetzt würde ich dieses Haus mit allem Drum und Dran am liebsten eigenhändig niederreißen, sobald er sich verspätet oder gar nicht kommt. Plunder, nichts als Plunder. Ein Denkmal für die Toten. Und den lieben Gott flehe ich in letzter Zeit nur noch an, Elias möge mich anrufen, mich besuchen, mich abholen, um mich in dieses schreckliche Dorf mitzunehmen. Schrecklich, o ja. Aber mir erscheint es wie der herrlichste Ort auf der Welt. Ich bin nicht für die Liebe geschaffen. Ich halte es nicht aus. Ich hasse die Liebe. Wie ich sie hasse!«

11

Doch wenig später war Noemis Ausbruch schon wieder vergessen. Die Schwestern schöpften neue Hoffnung, als Elias die drei zu sich nach Hause einlud. Während der ganzen Fahrt sangen sie, so sehr freuten sie sich auf das Abenteuer, endlich Elias' Dorf wiederzusehen. Sicher hatte er sie eingeladen, um seinem Bruder und dessen Familie die Schwestern seiner zukünftigen Verlobten vorzustellen.
Salvatore war noch in der Arbeit, und Carlino hatten sie bei der Tata gelassen, um in Ruhe den Ausflug genießen zu können.
Im Dorf angekommen, wanderten sie auf von Mastixsträuchern, Steinlinden, Terebinthen, Wacholder und Westlichen Erdbeerbäumen gesäumten Pfaden in die Berge hinauf. Je älter die Sträucher waren, umso verzauberter kam ihnen die Landschaft vor. Und tief unten in der Ferne das Meer.
Noemi, die zwar noch immer eine Schnute zieht, kennt sich auf dem Land inzwischen bestens aus, und den Schwestern blieb der Mund offen stehen, weil sie vor nichts mehr Angst hat.
In wenigen Monaten hat sie sich die Pflanzennamen eingeprägt und gelernt, sich an den Felsen zu orientieren. Es

war auch schön zu sehen, wie sie mit den Tieren umging, wo sie doch Míccriu zu Hause keines Blickes würdigt.

In der Schafherde wimmelte es von Lämmern, wie immer im Herbst. Noemi gab Maddalena sogar eines auf den Arm, damit es ihr Glück brachte, denn man konnte sehen, wie gerührt diese beim Anblick der frohen Mutterschafe mit ihren Jungen war. Doch dann fing die Mutter des Lamms zu blöken an, und Maddalena setzte deren Junges sofort wieder auf die Erde.

Noemi kann besonders gut mit den Ziegen umgehen und kennt sie alle mit Namen. Wenn man nicht vertraut mit ihnen ist, kommen sie nicht mehr in den Ziegenstall zurück, sondern gehen ihrer eigenen Wege. Die Schafe sind da anders. Mit ihnen ist es einfacher. Sie rennen einem von allein hinterher.

Der Schafstall von Elias' Bruder hat ein Dach aus Wacholderästen, einen Kamin, in dem Noemi inzwischen ein Feuer zustande bringt, und kleine Fenster, durch die man das Meer sieht.

Elias kam mit allen möglichen Köstlichkeiten an: mit verschiedenen Pecorinosorten, durchwachsenem Speck mit *coccoietti* – kunstvoll geformten Brotteilchen –, *sebadas* – frittierten und mit Honig übergossenen Teigtaschen mit Käsefüllung – und Erdbeerbaumblütenhonig. Sie ließen sich alles schmecken, bis es Zeit für den Besuch bei Elias' Bruder wurde.

Die Schwestern hatten Elias' Elternhaus viele Jahre zuvor bei der Hochzeit der Tata schon einmal gesehen. Seine Großeltern hatten bereits darin gewohnt, dann seine Eltern und natürlich auch die Tante, bis sie nach Cagliari ging und in die Dienste der Grafenfamilie trat. Jetzt leben Elias, sein Bruder, seine Schwägerin und der Neffe darin.

Nachdem sie es wiedergesehen haben, begreifen Maddalena und die Contessa, warum Noemi nicht mehr davon redet, die Tata wegzuschicken. Wohin sollte sie auch ziehen, da hier kein Platz mehr für sie ist?

Wie alle sardischen Häuser in den Bergen ist auch das Haus von Elias und seinem Bruder aus Stein gebaut und recht hoch. Eine steile, dunkle Treppe führt zu den düsteren Zimmern mit den blinden Fenstern im ersten und zweiten Stock. Doch gelangt man in den dritten Stock, auf dem sich Elias' einziges Zimmer befindet, ist alles plötzlich von Licht, Luft und Farben erfüllt. Noemis Bett mit den beiden Nachttischen kommt hier wunderbar zur Geltung, unter dem Fenster, dessen Panorama aus Bergen und Himmel wie der Hintergrund eines Madonnengemäldes anmutet.

In der winzigen Küche scheinen die Muster auf Elias' antikem Geschirr genau auf die Szenerie der kleinen Terrasse abgestimmt zu sein, die Noemi mit Töpfen voller Blumen und Kräuter in eine wahre Augenweide verwandelt hat.

Elias' Bruder und seine Familie haben zwar mehr Platz, doch sind deren Räume so düster, dass man sich in einem Gefängnis wähnt. Die Schwestern können nun verstehen, warum er den Nachbarn den Prozess machen will und nicht mehr mit ihnen redet, weil sie ihnen seit den Zeiten der Großeltern verbieten, die beiden Fenster zu öffnen, die auf ihren Hof hinausgehen. Eine himmelschreiende Ungerechtigkeit, wenn man bedenkt, dass nur zwei Fenster auf die Straße blicken und die restlichen Räume quasi fensterlos wirken.

Noemi zerbricht sich den Kopf, wie man eine Klage gegen den Nachbarn anstrengen kann, denn sie will Elias helfen, obwohl ihm im Grunde das kleine Zimmer und die Küche unter dem Dach genügen. Auch wenn der eigentlich Leidtragende dessen Bruder ist, nimmt Noemi die Sache sehr ernst, schließlich handelt es sich um ihren Schwager in spe. Wobei der, um bei der Wahrheit zu bleiben, beim Besuch der Schwestern den Eindruck erweckte, als würde er seine zukünftige Verwandtschaft überhaupt nicht kennen. Zwar begegnete er Noemi als einer der drei Gräfinnen, in deren Diensten seine Tante einst stand, mit Respekt, aber ohne Herzlichkeit, und unterhielt sich mit ihr ausschließlich über den Rechtsstreit mit den Nachbarn.

Jedenfalls deutete bei diesem Ausflug in Elias' Dorf nichts, aber auch gar nichts auf eine bevorstehende Verlobung hin.

Elias' Bruder verabschiedete sich von den Schwestern mit einem knappen »Danke für alles«, und dann fuhren sie nach Cagliari zurück.

Ehe sie in den Wagen einstiegen, warfen sie einen letzten Blick in den Himmel. Über ihren Köpfen leuchteten die Sterne, so viele und so strahlend und nah, wie sie sie noch nie gesehen hatten. Auch der Mond war unglaublich: die gigantische Sichel eines zunehmenden Viertelmonds.

Die Rückfahrt verlief schweigend, bis Noemi irgendwann sagte: »›Danke für alles.‹ Was für eine Unverfrorenheit! Er kann es wohl kaum erwarten, bis sie die Fenster auf den Hof wieder öffnen können.«

»Aber nein«, antwortete die Contessa, »er hat sich bei uns bedankt, weil wir seine Tante bei uns aufgenommen haben!«

12

Wenn Salvatore bei seiner Rückkehr von der Arbeit der Duft der frischgekochten Minestra in die Nase steigt, er das Klappern des Nähmaschinenpedals vernimmt und seine Frau in nachlässiger Kleidung erblickt, ist er ganz und gar zufrieden. Doch dass er Maddalena so antrifft, geschieht nicht besonders häufig, denn wie man weiß, sind Gemüsesuppen und eine Frau, die sich der Hausarbeit widmet, nicht gerade dazu angetan, einen Mann in Versuchung zu führen.

Deshalb stellt sich Maddalena bei Salvatores Nachhausekommen meist ans Fenster und beugt sich hinaus, sodass er ihre Brüste sehen kann. Im Sommer trägt sie zu Hause keinen Büstenhalter unter ihren hauchdünnen Tops und keinen Slip unter ihren knappen, auf Hüfte geschnittenen kurzen Hosen. Wenn Salvatore sie so sieht, kann er nicht widerstehen, auch wenn er müde ist. Kaum ist er bei ihr, schiebt er das Top über ihre Brüste, um die Nippel zu liebkosen, fährt mit der Hand zwischen ihre Schenkel und spürt dann meistens, dass sie schon ganz feucht ist. Dann nimmt sie ihn bei der Hand und führt ihn ins Schlafzimmer, wo sie sich aufs Bett legt. Sie entledigt sich ihres Tops, lässt ihn ihre großen, festen Brüste sehen und beginnt, sich zu streicheln. Dann löst sie seinen Gürtel, knöpft seine Hose auf und nimmt ihn in den Mund. Er steht noch immer in Anzug und Krawatte vor ihr, doch das ist ihm jetzt egal.

Es gefällt ihr auch, sich nackt ans Bett binden zu lassen, sodass ihre Scham zur Schau gestellt wird. Salvatore liebt es, sie auf diese Weise verrückt zu machen, weil sie sich jetzt nicht streicheln kann und nur er die Macht hat, ihre Lust zu befriedigen. Er verteilt Creme auf ihrem Körper, stimuliert ihre Klitoris und saugt an ihren Nippeln. Dann fleht sie ihn an, sie endlich zu erlösen, und er lässt sie schwören, dass sie lieber gevögelt werden will, als schwanger zu werden, und erst wenn sie Ja sagt, befriedigt er sie.

Maddalena liebt Salvatore. Oft betrachtet sie ihn nachts, wenn er schläft, und denkt, wie schön er ist und dass sie keinen anderen Mann begehrt, niemals begehren wird. Sie wartet darauf, dass er sie im Halbschlaf berührt, wenn auch nur unbewusst, um seine Hand dann in ihre *Yoni* führen zu können, sodass Salvatore richtig wach wird und sie vögelt. Danach könnte sie ruhig einschlafen. Doch dann denkt sie wieder, dass eine Ehe ohne Kinder nicht glücklich sein kann, wird traurig, rollt sich zusammen und weint um ihren leeren Schoß.

Sie nutzt jede Situation, um ihren Mann zu erregen. Zum Beispiel ist sie oben ohne, wenn sie am Strand mit dem Ball spielen, sodass ihre herrlichen Brüste beim Herumspringen auf und ab hüpfen. Oder sie liegt, nur mit einem knappen Tanga bekleidet, auf dem Bauch, sodass ihr prächtiger Po zur Geltung kommt.

Sie mag es, wenn der *Lingam* ihres Mannes unter der Badehose groß wird, und wenn sie im Wagen nach Hause fahren, hält er oft nach einem versteckten Platz Ausschau, um anzuhalten und sie im Auto zu vögeln.

Noemi tadelt sie, weil sie sich ihrer Meinung nach zu sehr

an ihren Mann klammert. Und das stimmt, Maddalena ist tatsächlich sehr anhänglich und eifersüchtig. Salvatore hingegen beteuert immer, dass er kein Mann sei, der Veränderungen brauche. Das beruhigt sie ein wenig, und sie stellt sich vor, wie die Frauen Annäherungsversuche machen und Salvatore standhaft bleibt und allen die kalte Schulter zeigt, außer seiner Ehefrau.

Einmal jedoch trafen sie eine Kollegin von ihm auf der Straße, und er fragte sie, indem er eine ihrer Haarsträhnen anfasste, was sie mit ihren Haaren gemacht habe, sie seien anders als sonst. Das versetzte Maddalena einen Stich, sie sagte aber nichts. Als sie sich zu Hause bei den Schwestern ausweinte, regte sich Noemi furchtbar auf.

Maddalena, die immer viel auf die Meinung ihrer großen Schwester mit der systematischen Sichtweise gibt, verstummte, doch die Kollegin und ihre neue Frisur kehren regelmäßig in ihren Albträumen wieder, und sie wacht schweißgebadet auf; wenn Salvatore dann ebenfalls wach wird, sagt sie ihm, sie habe von Einbrechern geträumt.

Manchmal treibt Noemi ihre Bosheit in Bezug auf den Schwager auf die Spitze, indem sie Maddalena daran erinnert, dass sie unter all den Verehrern, die sie gleichzeitig gehabt habe, ja einen anderen hätte auswählen können. Einen besseren als Salvatore, der so etwas Besonderes schließlich nicht sei, dass man sich Tag und Nacht mit der Angst quälen müsse, er könnte mit irgendeiner x-Beliebigen davonlaufen.

Kaum ist Noemi dann weg, tröstet die Tata Maddalena, sagt ihr, ihre Schwester sei nur deshalb so wütend, weil sie eine frustrierte alte Jungfer sei und keine Ahnung habe, was Liebe ist. Ach, und ausgerechnet ihr armer Elias musste in ihre Klauen geraten.

13

Noemi bereut inzwischen, Elias ihre Wäschekommode, ihr Bett und die Nachttische geschenkt zu haben. Er hat es nicht verdient, denn seit einiger Zeit meldet er sich nicht mehr. Plötzlich erträgt sie es nicht länger, auf dem Lattenrost zu schlafen, sich hinunterbeugen zu müssen, um die auf dem Boden stehende Nachttischlampe an- und auszuknipsen, sich nur noch im Badspiegel betrachten zu können und die Wäsche in einem Umzugskarton aufzubewahren.
Sie analysiert ihr Verhalten und wendet sich sogar an Angelica, die Zigeunerin, in der Hoffnung, dass sie ihr sagt, was sie tun soll, damit Elias zu ihr zurückkommt. Es ist wie mit manchen Krankheiten, für die es zwar möglicherweise eine Behandlungsmethode gibt, nur dass noch niemand sie entdeckt hat. Angelica erteilt ihr Ratschläge und sagt, dass auch sie unter ihrem Mann leide, zum Beispiel, wenn er nach Rumänien fährt und man nicht weiß, wann er zurückkommt und ob er sie und das Kind wirklich liebt. Doch egal, womit man zu ihr geht, immer hat Angelica genau das gleiche Problem, und man kann sich nie sicher sein, ob sie es nur so dahinsagt oder ob es tatsächlich stimmt.
Zum Beispiel tröstet Angelica Maddalena damit, dass auch

sie lange Zeit keine Kinder bekommen konnte, der Contessa sagt sie, auch sie habe immer vor allem Angst und würde am liebsten sterben, und gegenüber der Tata behauptet sie, dass auch sie von klein auf Kindermädchen gewesen sei und die Kinder, die sie hütete, furchtbar vermisste, als sie nach Italien kam. Aber sie kann sich tatsächlich so gut in die Haut eines jeden versetzen, dass es scheint, als hätte sie genau die gleiche Erfahrung auch schon gemacht. Inzwischen reden im Viertel viele Menschen mit Angelica, manche bitten sie sogar ins Haus. Sie schenken ihr alle möglichen Sachen für ihren kleinen Sohn, sogar Geld, und man weiß nicht, ob sie es tun, weil sie sie sympathisch und klug finden oder weil sie gesehen haben, dass die Contessa es schon seit längerem so hält, ohne dass ihr bislang etwas Schlimmes zugestoßen wäre. Vielleicht hoffen sie auch, durch Angelica ihre Neugier in Bezug auf die drei Schwestern befriedigen zu können, vor allem was Noemi und Elias angeht.

Noemi ist überzeugt, dass es ihr früher besser ging, zumindest schlief sie gut, nachdem sie abends die Abrechnung fürs Haus und die Pläne für den Rückkauf der Wohnungen gemacht hatte. Auch Schönheit und Liebe haben eben ihre Schattenseiten und sind bisweilen unerträglich für einen Menschen.

Sie hat Urlaub genommen und bleibt den ganzen Tag zu Hause, um darauf zu warten, dass Elias zu ihr zurückkommt. Von Salvatore hat sie sogar verlangt, zu ihm zu fahren und ihm die Leviten zu lesen. Ihm eine Tracht Prügel zu verpassen. Die Schafe seines Bruders zu töten. Und vor allem in einem Lieferwagen ihre Sachen zurückzuholen. Und mit der Tata möchte sie zum Notar gehen, um deren Lieblingsneffen zu enterben, damit er nicht das winzige Stück Land bekommt, das der Haushälterin geblieben ist. Sie droht ihr

gar, eines schönen Tages Elias' antike Geschirrsammlung in ihrem Zimmer in Stücke zu schlagen.
Der Schwager, die Schwestern und die Tata würden wirklich alles für sie tun, wie sie immer wieder beteuern, nur nicht das, was sie von ihnen verlangt. Also will Noemi niemanden sehen, sie grüßt sie nicht einmal mehr, und wenn sie ihnen auf der Treppe begegnet, bleibt sie nur kurz stehen, um ihnen harsche Worte an den Kopf zu werfen, wie zum Beispiel: »Wenn ich nicht wäre, hättet ihr nicht einmal ein Dach über dem Kopf!«
Selbst das Kind lässt sie vor ihrer Wohnungstür stehen, ohne ihm aufzumachen, und wenn es Sturm klingelt, schreit sie: »Hör auf mit dem Lärm und geh zu deiner Mama!«
Sie schimpft die Tata eine alte Schmarotzerin, die bei ihnen die Füße unter den Tisch streckt, und hält ihr vollkommen absurde Dinge vor, wie etwa: »Du hast meine Mutter umgebracht! Du hast ihr die Tabletten gegeben, um die sie dich angefleht hat, weil sie sterben wollte. Mörderin! Du warst in unseren Vater verliebt, hast davon geträumt, Mamas Platz einzunehmen, aber das ist dir schlecht bekommen.«

Eines Tages reichte es Salvatore, und er sagte zu Maddalena, dass er versuchen wolle, mit Elias zu reden, und zwar auf vernünftige Weise, ohne irgendein Schaf zu töten und ohne mit einem Lieferwagen die Möbel zurückzuholen. Und so wanderte auch er auf von Mastixsträuchern, Steinlinden, Terebinthen, Wacholder und Westlichen Erdbeerbäumen gesäumten Pfaden und war ebenso verzaubert von der Landschaft wie vor einiger Zeit die drei Schwestern.
Die zwei Männer schüttelten sich die Hände und sprachen über das Leben und die Liebe. Elias sagte, dass er Noemi

gernhabe, aber nicht so, wie Noemi es will. Er beteuerte, er habe ihr niemals versprochen, sein Leben ändern und eine Familie gründen zu wollen, weder ihr noch einer anderen Frau.

»Und warum nicht?«, fragte Salvatore.

»Weil es zu spät ist. Es ist das Gleiche wie damals, als ich vom Gymnasium abgegangen bin. Zwei Jahre vor dem Abitur. Ich konnte mich noch nach langer Zeit an das Gelernte erinnern, sodass ich das Abitur privat hätte nachmachen können, ohne die Arschlöcher von Mitschülern ertragen zu müssen. Aber ich wollte nicht. Weil ich spürte, dass es zu spät dafür war, und deswegen blieb ich Schäfer. Doch auch wenn mein Leben nicht so ist, wie ich es mir einmal erträumt habe, gefällt es mir. Und ich habe keinerlei Absicht, meine Zeit mit Kämpfen zu vertun, nur um es zu ändern.«

Elias erzählte Salvatore auch, dass er manchmal, wenn er in der Nähe des Bachs von Baum zu Baum schweift und die Berge betrachtet und den Vögeln beim Fliegen zusieht, Lust bekomme, nach Cagliari zu fahren. Doch wenn er in die Stadt führe, überlege er dann weiter, wäre es nur recht, Noemi zu besuchen, und bei diesem Gedanken wandere er ruhelos umher und finde nirgendwo seinen Frieden, weil es ihm nicht mehr mit der früheren Freude und Leichtigkeit gelinge, die Grenze zwischen seiner Welt und der Stadt zu überwinden.

Einmal, so erzählte er weiter, sei Noemi zu ihm herausgefahren und habe den Wagen vor den Ställen angehalten. Und als er rief: »Noemi!«, rief sie: »Elias!« Doch sie stieg nicht aus, um zu ihm zu kommen, und beide spürten, dass sie sich bis auf ihre Namen nichts weiter zu sagen hatten.

Zum Schluss schüttelten sich die beiden Männer wieder

die Hände, und bei seiner Rückkehr hatte Salvatore keine Antworten auf Maddalenas Fragen.

Seit diesem Tag kommt Elias wieder ab und zu vorbei und verbringt die Nacht bei Noemi. Manchmal fahren sie fürs Wochenende aufs Land. Danach geht es Noemi immer ein, zwei Tage lang gut, doch wenn Elias sie nicht kurz darauf wieder besucht, wird sie erneut verbittert.
Um die Blumen kümmert sie sich auch nicht mehr. Die Schwestern tun zwar ihr Bestes, doch der Garten will nichts von ihnen wissen und droht noch trostloser zu werden als der des Nachbarn.
Wenn Elias kommt, will Noemi von ihm hören, warum. Sie will unbedingt seine Beweggründe verstehen. Doch wenn er ihr keine Antwort geben kann, brüllt sie ihn an, dass er sich nie wieder bei ihr blicken lassen soll.
»Manche Dinge sind so, wie sie sind, Schluss, fertig, amen! Da gibt es nichts zu verstehen!«, schreit Elias, während er wie ein wildes Tier im Käfig durch das Zimmer läuft und mit den Fäusten an die Wand trommelt.

14

Der Kummer um Noemi hält sie alle so auf Trab, dass sie gar nicht bemerken, wie es der Contessa geht, die nur noch an die Begegnung mit dem Nachbarn denken kann.
Folgendes hat sich ereignet: Sie hat den Garten von Unkraut und herabgefallenen Blättern und Ästen befreit und dann zwei große Säcke voller Gartenabfälle zu den Müllcontainern geschleppt. Auf dem Weg dorthin kam der Nachbar vorbei, der die Vespa in der Nähe der Kathedrale abgestellt hatte. Er sagte brüsk: »Geben Sie her!«, und nahm ihr die Abfallsäcke aus der Hand. Seine Worte waren wie ein Prankenhieb. Zusammen überquerten sie die Straße und gingen zu der Stelle mit den Müllcontainern.
Jetzt denkt sie jede Nacht an den Nachbarn. An seine unhöflichen Hände. Dann schläft sie zufrieden ein, mit dem Gedanken, dass nichts im Leben bedeutungslos ist. Und wenn sie am nächsten Morgen aufwacht, wird sie vom Gedanken an seine Geste begrüßt.
»Er wollte mich vor den Dornen bewahren.«
Eingemummt in seinen wattierten Blouson, den Kragen hochgeschlagen, war der Nachbar zu seiner Vespa zurückgegangen und hatte den Helm aufgesetzt. Besonders gefiel

der Contessa die Art, wie er davonfuhr. Mit trotzigem Ausdruck. Wie ein kleiner Junge.
Es war ein strahlender Tag. Jenseits der Häuser und Straßen der vom Mistral saubergewischte Himmel und das azurblaue Meer. Über den Dächern die gelbgoldene Sonne. Die Luft erfüllt von Glockengeläut.
Jede Nacht denkt die Contessa an den Lärm, den die Vespa des Nachbarn beim Wegfahren macht, und an den Wind, der den Staub von den Gassen des Castello bläst und alle Umrisse scharf hervortreten lässt.

15

Die Tata will Noemi dazu bewegen, etwas zu essen. Sie kocht ihr die Speisen, auf die sie als Kind so versessen war, dann steigt sie die Treppe zu ihrer Wohnung hinauf, klingelt und pocht an die Tür, doch Noemi will niemandem öffnen.
Ein andermal probiert es die Haushälterin mit einer Schüssel voll Ravioli, einem Spezialrezept aus ihrer Heimat, mit einer Füllung aus Kartoffeln und verschiedenen Sorten Frischkäse und mit Lammfleischsoße. Auch *sebadas* und *pistoccu*-Brot mit Speck hat sie auf das Tablett getan. Vor Noemis Tür bleibt sie stehen und zählt die Köstlichkeiten auf, doch die Tür bleibt wie meistens geschlossen. Falls Noemi doch einmal öffnet, gebärdet sie sich wie eine Furie, schreit herum, und die Bewohner der verkauften Wohnungen erschrecken sich, wenn sie mitbekommen, wie sie die Tata an den Schultern packt und schüttelt.
»Du Schmarotzerin, die du auf unsere Kosten lebst, meinst wohl, dich mit ein paar läppischen Ravioli von deinen Schulden freikaufen zu können? Wie ich dich hasse! Ich habe dich immer gehasst!«
Doch mag sie sie noch so beleidigen, die Tata steigt immer wieder die Treppe hinauf.

Eines Tages bereitete sie wieder ihre berühmten Dolci Sardi zu, und diesmal gab sie sich besonders viel Mühe. Sie nahm sardische Mandeln statt der minderwertigen spanischen und überbrühte, schälte und trocknete sie, ehe sie sie klein hackte und dann mit Eischnee, Zucker und geriebener Zitronenschale zu einem Teig verrührte.

Nachdem sie jedes Gebäckteilchen in buntes Seidenpapier gewickelt hatte, arrangierte sie alle auf einem Tablett. Ein köstlicher Anblick. Dann ging sie hoch, klingelte und klopfte, aber von drinnen kam keine Antwort, sondern nur Stille.

Vielleicht nahm sie es sich diesmal doch mehr zu Herzen und verlor vor lauter Verzweiflung das Gleichgewicht, während sie die Treppe hinabstieg, jedenfalls stürzte sie und schlug sich den Kopf heftig an einer Stufe. Ein dumpfes Geräusch war zu hören, und die Bewohner der verkauften Wohnungen traten in den Flur heraus. Als auch Noemi herauskam und sie bewusstlos inmitten der bunten Gebäckteilchen liegen sah, die die Treppe hinabkullerten, begann sie zu weinen und flehte sie um Verzeihung an. Sie sei gar nicht so böse, wie es scheine, es gehe ihr einfach nur miserabel, und sie, die Tata, solle sich bloß nicht rühren, um Gottes willen, bis der Krankenwagen da sei.

16

Seit die Tata im Krankenhaus ist, kommt neuerdings der Nachbar an die Mauer und ruft nach der Contessa, um zu fragen, wie es denn so geht und ob sie Hilfe bräuchten.
Eines Tages traf er sie auf der Straße, als sie gerade mit einem Laib Brot vom Bäcker zurückkam und wie immer nicht widerstehen konnte, ein Stück abzubrechen und es sich in den Mund zu stecken. Im selben Moment hielt der Nachbar mit der Vespa neben ihr und erkundigte sich nach der Haushälterin und der Schwester. Die Contessa schluckte schnell den ganzen Happen hinunter und begann dann, ihm auf ihre typische Art alles haarklein zu erzählen, und während sie redete und redete, wischte der Nachbar die Krümel von ihrer Jacke, als wäre das sein eigentliches Anliegen, anstatt ihr zuzuhören.
Ein andermal, als sie über die Mauer hinweg plauderten, kam plötzlich Wind auf und die Contessa fröstelte. Der Nachbar lief schnell nach drinnen und kehrte mit einem großen Schal zurück. Als er sagte, sie könne ihn ruhig mitnehmen, bedankte sie sich in einem fort, und seither liegt der Schal unter ihrem Kopfkissen, damit sie wenigstens schön träumt in diesen schlechten Zeiten.
Sie hat sogar eine Lehrvertretung in einem ziemlich weit

entfernten Dorf angenommen, und der Nachbar versäumt es keinen Abend, sie über die Mauer hinweg zum Durchhalten zu ermuntern.

Wenn die Contessa morgens das Haus verlässt, um zur Schule zu fahren, tröstet sie sich mit dem Gedanken, dass womöglich alle Menschen ebenso viel Angst haben wie sie und genauso wenig geschlafen haben und trotzdem zur Arbeit gehen. Und wenn sie abends heimkommt, ruft sie den Nachbarn an die Mauer und erzählt ihm von ihrem Tag, etwa davon, dass ihr die Kühe in der Umgebung der Schule traurig vorkommen.
Wenn der Nachbar dann sagt: »Also weinen wir halt ein bisschen um die Kühe, vergießen wir ein paar Tränen für die armen Tiere«, muss die Contessa lachen, und allein das bringt sie dazu, dass sie auch am nächsten Tag wieder zur Schule fährt.
Doch neulich ist etwas passiert. Als der Nachbar sie fragte, wie es zu Hause gehe, sah sie, dass er wieder den Ehering an den Finger gesteckt hatte, und die Contessa brachte keinen Ton heraus. Ihre Beine zitterten, und ihr Herz schlug so stark, dass sie meinte, es würde ihr den Brustkorb sprengen. Da rannte sie nach drinnen. Sie rollte sich auf dem Bett zusammen, und Maddalena und Salvatore wussten sich nicht zu helfen.
Schließlich sagte Salvatore, dass sie schlecht daran tue, sich wegen eines Kerls, also wegen dem Sex, die Augen aus dem Kopf zu weinen, falls das der Grund für ihren Kummer sei, und man sollte sich dieses widerwärtige Laster genau wie das Rauchen besser abgewöhnen.
Als Maddalena das hörte, erblasste sie, doch er zwinkerte ihr zu, um ihr zu bedeuten, dass er es nicht wirklich meinte.

Carlino, dem nicht entgangen ist, wie glücklich die Mama war, wenn sie den Schal um die Schultern legte, zog ihn unter dem Kopfkissen hervor und drapierte ihn um ihren Kopf, doch daraufhin weinte sie nur noch mehr.
Und so endete auch diese Lehrvertretung frühzeitig.
Aus dem besagten Grund – und noch aus einem anderen. Der Contessa zufolge nahmen die Schüler sie nämlich auch wegen ihrer korrekten Hochsprache auf den Arm, ihrer akkuraten Art, immer den richtigen Akzent auf die Wörter zu legen, was sich in den Ohren der Kinder lächerlich anhört. Sie erwischte sie dabei, wie sie sie nachäfften, indem sie eine Reihe von Schimpfwörtern wie *coglione* – »Arsch« – oder *cazzone* – »Arschloch« – mit geschlossenem O aussprachen anstatt mit offenem, wie es im Italienischen richtig wäre. Dabei rundeten sie die Lippen so übertrieben, als wollten sie die Form eines Pos nachbilden. Die Contessa hatte sich solche Mühe gegeben, sich den Akzent dieser Region anzueignen, doch sosehr sie sich auch anstrengte, es gelang ihr nicht. Seither leidet sie unter einer Blockade, und sobald sie sich der Schule näherte, verschlug es ihr buchstäblich die Sprache. Wie auch immer, sie kann keinen Unterricht mehr geben, auch wenn es ihr niemand abnimmt. Jetzt hasst sie ihre korrekte Aussprache und schämt sich, weil sie nicht einmal einen falschen Akzent zustande bringt. Schuld daran sind der Phonetikunterricht am Gymnasium und diese dämliche, anmaßende Lehrerin, die ihnen seinerzeit ihren sardischen Akzent madigmachte.

In den letzten Tagen rief der Nachbar zur gewohnten Zeit an der Mauer nach ihr, doch sie antwortete ihm nicht. Teils wegen des Rings, den er bestimmt noch am Finger hatte und dessen Anblick sie nicht ertrug, und teils, weil sie sich

wegen ihrer überkorrekten Aussprache schämte, an die sie zuvor keinen Gedanken verschwendet hatte.
Bald hielt sie es jedoch nicht länger aus und lief zur Mauer, kaum dass der Nachbar nach ihr rief, und siehe da, er hatte den Ring wieder abgelegt. Als sie ihm von ihrer Aussprache erzählte, bekam er eine Mordswut auf die Schüler, aber auch auf sie, weil ihr nicht klar sei, was für eine schöne reine, musikalische Stimme sie habe, und das machte ihn dermaßen zornig, dass er ihr den Hosenboden versohlt hätte, wäre nicht die Mauer zwischen ihnen gewesen.

Die schönen Zeiten haben wieder angefangen. Die Tata kam aus dem Krankenhaus nach Hause, ein wenig verwirrt zwar, weil sie eine Gehirnquetschung erlitten hat, aber wenigstens ist sie wieder da, und in gewisser Weise ist sie den Schwestern jetzt, da sie sich quasi in ein spitzbübisches Kind zurückverwandelt hat, lieber als früher.
Mag sein, dass sie schon immer gewisse Unarten hatte und sie nur geschickt zu verbergen wusste. Zum Beispiel stibitzt sie jetzt Essen vom Teller der anderen und nimmt sich aus dem Kühlschrank, was immer ihr gerade in den Sinn kommt, nascht aus den Töpfen auf dem Herd, wischt sich mit dem Rocksaum den Mund ab, lacht sich halb tot, wenn sie jemanden mit einem komischen Aussehen auf der Straße sieht, oder trödelt genüsslich herum, während die anderen die Hausarbeit erledigen.
Seit sie nicht mehr sie selbst ist, erzählt sie dummes Zeug herum, zum Beispiel in den Geschäften, die sie unter dem Vorwand aufsucht, den Einkauf zu erledigen, doch davon kann keine Rede sein, denn sie kauft nur unnützes Zeug, das die Gräfinnen dann wieder zurückbringen müssen.
Zu ihren Geschichten zählt auch die von dem Tag, an dem die Mama der drei Gräfinnen starb:

Ihr zufolge hatte sich die Mutter der drei Schwestern an jenem Tag auf den Boden gelegt und von der Tata verlangt, sich zum soundsovielten Mal ihre unzähligen Ängste anzuhören. Etwas zu tun, um sie zu vertreiben. Damit sie endlich wieder schlafen konnte.
Sie, die Haushälterin, sagte darauf nur: »Ja, meine Liebe.« Und während sie ihrer unsäglichen Litanei lauschte, breitete sie die Arme über ihr aus wie ein Schutzengel.
Die arme Frau fürchtete sich vor allem Möglichen, davor, dass das Glück sie verlassen könnte, auch wenn sie sich noch so anstrengte, unsichtbar zu sein, dass ihre Töchter erkrankten oder gar starben, vor dem Klingeln des Telefons oder der Haustürglocke, denn beides konnte ein Unheil ankündigen, vor dem Martinshorn der Krankenwagen, die womöglich einen Angehörigen transportierten. Sie hatte auch Angst, dass ihr Mann sterben oder sie zumindest wegen einer anderen Frau verlassen könnte. Sie hatte vor allen Frauen Angst, sogar vor der Tata. Was, zum Beispiel, wenn sie durchdrehen und zusammen fliehen würden, sie, die Haushälterin, und ihr Mann? Aber auch wenn niemand stürbe oder sie beide nicht flöhen, sei es dennoch möglich, dass sich alles zum Schlechten veränderte. Was, wenn sie eine Krankheit befiele, die sie verunstaltete und abstoßend machte? Und wenn ihr Mann sie nicht mehr anfasste? Er, der Einzige, der sie je berühren durfte, worüber sie so glücklich war? Aber mal abgesehen von Krankheiten und dem Hässlichwerden, so blieb noch immer das Alter. War es nicht etwas Abscheuliches, alt zu werden? Wenn sie alt wäre, würde er bestimmt eine Jüngere nehmen, fürchtete sie. Sie hatte unzählige Geschichten von Männern gehört, die ihre alten Frauen wegen einer Jungen sitzenließen. Und die Töchter? Wie konnte man verhindern, dass die eigenen Kinder unglücklich wurden? Hatte es überhaupt

Sinn, sie in die Welt zu setzen, wenn man nicht sicher sein konnte, dass sie froh waren, auf der Welt zu sein?
Bisweilen dachte die Tata, dass sich diese drei Mädchen unmöglich etwas aus so einer Mama machen konnten. Ebenso wenig wie ihr Mann. Jeder glückliche Augenblick im Kreis der Familie, jedes Fest, jede Jubiläumsfeier konnte von einer traurigen Meldung in den Fernsehnachrichten oder einem falschen Wort, das jemand zu ihr sagte oder das sie selbst sagte, zunichtegemacht werden. Von einem Moment auf den anderen verflog die Freude, die Mama stürzte davon, und man fand sie in ihrem Zimmer auf einem Armstuhl, das Gesicht in den Händen vergraben und verzweifelt ob des eigenen Fehlers, den man ihr nicht vergeben würde, oder des Fehlers, den andere begangen hatten, weil gewiss niemand sie liebte. Doch es dauerte nicht lange und sie bereute, die Feier ruiniert zu haben, dann flehte sie ihren Mann auf Knien an, ihr zu verzeihen.
Warum nur hatte sie diese Schuhschachtel überlebt, in die die Nonnen sie gesteckt hatten? Warum ausgerechnet sie und so viele andere arme Frühchen nicht? Wenn sie das alles wenigstens verdient gehabt hätte, ihren Mann, ihre Töchter, die Achtung, die ihr entgegengebracht wurde, das Haus.
»Dann verdiene sie dir halt!«, forderte ihr Mann sie auf.
»Ich bin nicht gut genug dafür. Mein Unglück ist, dass mir alles ohne Grund in den Schoß gefallen ist.«
Deswegen glaubte sie auch, dass alles von einem Moment auf den anderen wieder verschwinden würde, so wie es gekommen war.
Aber wie konnte man derart verzweifelt leben – früher wegen des Unglücks und nun wegen zu viel Glücks?
Die Tata, die keine Antwort darauf wusste, betete zum Herrn, er möge sie, wenn er sie schon so sein lassen muss-

te, wie sie war, zu sich nehmen, dieses unglückliche Geschöpf.
Inzwischen bemühte sich die Haushälterin, zu helfen, wo sie konnte. Sie krempelte die Ärmel hoch und erfreute die Mädchen mit selbstgemachten Süßspeisen und Gebäck, sang mit ihnen fröhliche Lieder, ging mit ihnen spazieren, während die Mama zu schlafen versuchte. Nur um bei ihrer Heimkehr festzustellen, dass die arme Frau mal wieder kein Auge zugetan hatte, weswegen sie die Schlafmitteldosis ständig erhöhen musste.
Der Vater verhehlte der Tata nicht, dass es Momente gab, da er sich wünschte, sie zur Frau zu haben, blühend, gesund und fröhlich, wie sie immer war. Und stark. Und nicht nur als Frau, sondern auch als Mutter seiner Töchter. Nach dem Tod seiner Frau allerdings war er nicht mehr derselbe, er wurde krank und sprach immerzu von früher. Wie schön es früher war. Er hatte vergessen, dass es die Hölle auf Erden gewesen war. Früher.

Doch an jenem Tag schlief die Arme inmitten der Aufzählung ihrer Ängste friedlich ein – und wachte nicht mehr auf.
Die Tata, die immer schon geglaubt hatte, dass den Engeln womöglich ein Fehler unterlaufen war, indem sie dieses zu früh geborene Kind einer Prostituierten in seiner Schuhschachtel am Leben ließen, hoffte nun, dass dieselben Engel die Gelegenheit wahrnahmen, den Schaden wiedergutzumachen und sie zu sich zu nehmen.

Zu den Schrulligkeiten, die die Tata neuerdings an den Tag legt, zählt auch ihre komische Art, sich zu kleiden. Früher zog sie immer dunkle Sachen an, während sie jetzt alle möglichen Farben und Stile durcheinanderwürfelt.

Zu einem Rock mit Schottenmuster trägt sie zum Beispiel eine Jacke aus chinesischem Satin und einen Kaschmirschal. Die Contessa möchte, dass die Tata in ihrem kleinen Reich tun und machen kann, was sie will, und Noemi ist es recht. Also haben sie den Wunsch der Tata befolgt und den Kühlschrank und den Gasherd in ihr Zimmer gestellt. Seither empfängt sie einen lächelnd, den Kopf schief gelegt, in ihren von Back- und Fettgerüchen imprägnierten Wänden.

In der Mitte ihres Zimmers steht ihr Bett, auf dem inmitten eines Kissenbergs ein Jesuskind ruht. Das Bett ist umgeben von zahlreichen Stühlen, auf denen sich Tüten voller Kleider türmen, denn der Kleiderschrank dient jetzt als Kredenz für Töpfe und Vorräte. Um Bett und Stühle herum befinden sich Kühlschrank, Gasherd und der Tisch, stets gedeckt für den Fall, dass jemand außerhalb der Mahlzeiten etwas essen möchte. An den Wänden Madonnengemälde und die Regale mit Elias' wertvoller Geschirrsammlung.

Wann immer die Tata unterwegs ist, zum Beispiel, wenn sie die umliegenden Läden besucht, sieht man allenthalben ein missbilligendes Kopfschütteln. Doch in der Familie ist man es gewohnt, dass die Leute den Kopf schütteln, sei es wegen der Contessa di Ricotta, Carlino, der altjüngferlichen Noemi oder wegen Maddalena, wenn sie sich als Katzenmutter gebärdet.

Noemi ist jetzt sehr um das Wohl der Haushälterin besorgt und kommt oft zur Contessa herunter, um ihr Ratschläge für den Umgang mit ihr zu erteilen. Doch die Tata zeigt sich keineswegs dankbar, und kaum ist Noemi zur Tür hinaus, sagt sie, sie sei eine verbitterte alte Jungfer, und sie solle froh sein, dass Elias sich mit ihr abgegeben habe.

Die Contessa hat sich unterdessen ein wenig beruhigt, weil der Ehering am Ringfinger des Nachbarn genauso schnell wieder verschwunden ist, wie er auftauchte.

Sie betet den Nachbarn förmlich an, und gewiss hat er es längst bemerkt.

Wenn der Nachbar zum Beispiel sagt: »Da schau sich einer meine Wampe an!«, bekommt er prompt zur Antwort: »Ach was, Sie sind ein bildschöner Mann!«

Und wenn er einen traurigen Ausdruck im Gesicht hat und die Contessa ihn fragt, ob etwas nicht stimmt, zuckt er die Schultern und sagt, dass es nicht wichtig sei, zum Glück habe er das Fliegen. Von dort oben sähen die Kreuzfahrtschiffe wie diese Spielzeugschiffchen aus, die man in den billigen Schokoladeneiern findet. Und die Weinberge mit ihren Rebenreihen wie ein Stück Stoff mit klar hervortretenden Heftnähten. Die Hafenmole, die in einer achteckigen Plattform mündet, sei ein Lutscher. Die Schaumspur eines Motorboots Rauch. Das Nuraghendorf Barumini ein Uhrwerk. Eine frisch gemähte Wiese ein weißgestreifter Pyjama.

Einmal hat die Contessa zu ihm gesagt, dass es für sie ganz ähnlich sei, nur dass sie, anstatt zu fliegen, zur Mauer komme. Da lächelte er sein wunderschönes Lächeln, und er wirkte nicht mehr so traurig.

Die Contessa macht sich immer Sorgen, weil er so viele Risiken eingeht.

Sie sagt zu ihm: »Ich habe Angst um Sie. Weil Sie Vespa und Boot fahren und mit dem Flugzeug fliegen und tauchen, um Fische zu fangen!«

»Hätten Sie es lieber, wenn ich den lieben langen Tag zu Hause bliebe, womöglich krank im Bett?«

Wenn der Nachbar die Contessa neuerdings zu einem Ausflug mit der Vespa einlädt, ist sie immer schnell zur Stelle.

Doch nach dem ersten Vespa-Ausflug hatte er es eilig und war schon verschwunden, ehe die Contessa ihn bitten konnte, ihr mit dem Helm zu helfen. Den ganzen Abend versuchte sie vergeblich, sich ihn vom Kopf zu ziehen. Außer der Tata und Carlino war niemand da, doch die beiden waren ihr auch keine Hilfe, sondern lachten sich bei ihrem Anblick nur halb tot.

Für sie kommt ein Ausflug mit dem Nachbarn dem, was man Glück nennt, ziemlich nahe. Wenn sie mit ihm Vespa fährt, fühlt sie sich auch ganz wie eine normale Frau – wie die Frauen, die sie früher immer vom Bürgersteig aus betrachtete, die auf den Rücksitzen der Mopeds saßen, die Arme um ihren Mann geschlungen. Und dieses Gefühl, Teil des Weltsystems zu sein, ist etwas Wunderbares.

Doch das Glück und die Normalität verfliegen, sobald der Nachbar sich einige Tage nicht an der Mauer blicken lässt. Dann schlägt ihr das Herz bis zum Hals, und schon sind die Selbstmordgedanken wieder da.

Am leichtesten wäre es, zu ertrinken. Sie ist so ungeschickt und eine solch miserable Schwimmerin, dass es ihr alle abnehmen würden, wenn sie ertränke. Im Sommer am Meer, wenn jemand anders auf Carlino aufpasst, übt sie schon mal. Sie schwimmt ziemlich weit hinaus, damit sie ein Gespür dafür gewinnt, wie es ist, wenn man den Strand, die Menschen und sein Kind von weitem sieht, alles ganz klein, um sich dann, inmitten der dunkelblauen See, vorzustellen, dass man nicht mehr existiert. Es ist nur so, dass sie dann von einer schrecklichen Angst gepackt wird und schnell wieder zurückschwimmt, das heißt, sie schwimmt immer bloß ein Stück und verharrt dazwischen auf der

Stelle, indem sie nur mit den Armen rudert, um sich auszuruhen. Bis die Welt schließlich wieder in voller Größe vor ihr liegt.
Neulich stand der Nachbar an der Mauer und rief nach ihr.
»Ich will mit Ihnen über den Kleinen reden«, sagte er. »Er hat mir erzählt – auf seine Weise natürlich, aber so, dass ich ihn durchaus verstanden habe –, dass sie beim Kindergartenfest etwas aufführen werden. Alle seine Kameraden haben eine Rolle. Nur er nicht. Weil er angeblich nichts vortragen kann. Die Nonnen wollen stattdessen, dass er die ganze Zeit mit einer Rose in der Hand dasteht, weil er in ihren Augen zurückgeblieben ist. Den Eindruck habe ich aber ganz und gar nicht. Im Gegenteil, ich halte ihn für ein außergewöhnliches Kind. Ich weiß, dass er an zwei Nachmittagen in der Woche zu seinem Vater geht und dort Klavierunterricht erhält und dass er schon einige kleine Stücke spielen kann. Im Kindergarten gibt es ein Klavier. Er hat mir auch erzählt, dass ihm das Klavierspielen viel Spaß macht, dass es die einzige Sache ist, bei der er Lust hat, brav zu sein, anstatt den *Lausebub* zu spielen.« Während der Nachbar Carlinos Worte wiedergab, ahmte er dessen Stimme nach und lächelte, und die Contessa ist verrückt nach diesem Lächeln des Nachbarn.
»Die Nonnen sind überaus tüchtige Menschen, o ja, ganz entzückende Personen«, nahm die Contessa sie in Schutz, »und sie tun alles, um Carlino zu unterstützen.«
»Trotzdem werde ich mal ein Wörtchen mit diesen entzückenden Nonnen reden«, sagte der Nachbar abschließend. »Ich wollte Sie nur wissen lassen, dass ich mich dann als ein Verwandter von Ihnen ausgebe. Natürlich wäre es am besten, wenn sich der Vater oder der Onkel darum kümmern würden, aber da das nicht geschieht ...«

»Der Vater ist ein ganz Lieber, nur hat er leider keine Zeit, und der Onkel hat seine eigenen Sorgen, weil es ihm nicht gelingt, ein Kind zu bekommen.«

»Ja. Ich sehe schon. Sie sind umgeben von lieben, besorgten, entzückenden Menschen. Und da auch ich gewiss ganz entzückend bin und obendrein jede Menge Zeit habe – schließlich muss ich mich nicht mit der Zeugung von Kindern herumschlagen –, werde ich zu den Nonnen gehen und mit ihnen reden.«

17

»Noemi! Noemi!«, schrien im Garten die Contessa und Maddalena. Die Schwester sollte herunterkommen und das Wunder der außerhalb der Jahreszeit gepflanzten Blumen betrachten. Doch Noemi antwortete nicht. Offensichtlich wollte sie ihnen nicht die Freude machen. Außerdem sagt sie immer, dass vor allem die Pflanzen gedeihen, die nicht der Rede wert sind und nicht die Mühe lohnen.
Also gingen sie allein umher, um die Blumen zu bewundern, und auch wenn es nicht die geeignete Jahreszeit für sie ist und Noemi sie links liegenlässt, fanden sie den Garten wunderschön.
Doch plötzlich erblickten sie Noemi, die wie ein verletztes, blutendes Vögelchen auf einem Scherbenhaufen lag. Daneben hockte die Tata, die ein Totengebet sprach.
Diese erzählte, dass Noemi wie eine Furie in ihr Zimmer gestürzt sei. Dann habe sie Stück für Stück Elias' kostbare Sammlung an Tellern und Schüsseln aus den Wandregalen und den Kartons am Boden genommen und sie in den Garten hinuntergeschleudert.
Schließlich habe sie sich auf den Scherbenhaufen geworfen und sei gestorben.

18

Als Elias kurz nach seiner Tante auf der Bildfläche erschien und Noemis Geliebter wurde, glaubten die Schwestern an eine Art Vorsehung. Eine göttliche Belohnung für ihre gute Tat, darin gaben die beiden Älteren der Contessa recht. Ja, sie glaubten sogar, dass auch Maddalena und Salvatore, die von Anfang an gut zur Tata gewesen waren, ihre Belohnung bekommen würden, und zwar in Gestalt eines Kindes. Der Triumph des Guten über das Böse. Doch das Leben ist ein Gemisch aus Gut und Böse, einmal hat das eine die Oberhand und dann wieder das andere, und so geht es endlos weiter.

Noemi war nur verletzt und hat ihr Leben als alte Jungfer wieder aufgenommen. Sie hält sich meist zu Hause auf, in ihren bequemen, nachlässigen Schlabberkleidern und den ausgetretenen Schuhen, ohne Angst haben zu müssen, dass Elias plötzlich auftaucht und sie in diesem Aufzug sieht. Vor dem Schlafen geht sie die angefallenen Rechnungen durch und schmiedet Pläne, um die veräußerten Wohnungen zurückzukaufen. Jeden Morgen begibt sie sich in den Innenhof, um die neue Fassade zu bewundern, ein wahres Meisterwerk. Die roten Kleider, Schönheitsmasken und Seidendessous haben ausgedient, denn sie hofft nicht länger, auf irgendeinem Kongress den Mann fürs Leben zu finden, sondern hat begriffen, dass sie nicht für die Liebe geschaffen ist. Nun ist sie es wieder zufrieden, neue Gesetzeskenntnisse und aus den Hotels Seifen, Nähetuis, Taschenkämme, Süßigkeiten- oder Weinpräsente mit nach Hause zu bringen.

Und doch ist sie nicht ganz die Alte, denn sie hat etwas getan, was sie noch nie zuvor getan hat: Sie legte den Schwestern dar, warum sie die Tata liebt und gleichzeitig hasst.
Sie beide seien damals noch zu jung gewesen, doch sie, die älteste Schwester, war alt genug, um zu begreifen, was zwischen dem Vater und der Tata ablief, jedenfalls war da eine seltsame Sache zwischen den beiden, etwas, das nicht in Ordnung war. Das sah man allein daran, dass der eine stets dort war, wo der andere war.
Sicherlich erinnerten sie sich an den Vater, der ein sanftmütiger, ruhiger und auf seine Weise unbekümmerter Mann war, und vielleicht konnte man in gewisser Weise nachvollziehen, dass er sich angesichts der Verzweiflung seiner Frau vom sonnigen Gemüt der Haushälterin angezogen fühlte. Denn ein sonniges Wesen hatte sie ja, aber sobald der Vater anwesend war, wirkte sie verändert. Dann wurde sie zu einem ganz anderen, ungekannten Menschen, auf eine Weise lebendig, die etwas Anrüchiges hatte. Obwohl sie nur über alltägliche Dinge redeten, war es, als erhielten diese eine tiefere Bedeutung, die sich lediglich ihnen beiden erschloss. In solchen Momenten bekam Noemi schreckliche Angst. Vor allem wenn sie beide lächelten und die Tata wunderschön wurde, schlug ihr, damals noch ein kleines Mädchen, das Herz wie wild in der Brust.

Sie fühlte sich furchtbar verloren, weil nur sie es sah. Wie immer sah nur sie es.

Die Mama davon zu überzeugen, die Tata fortzuschicken, brachte sie nicht übers Herz, denn das wäre gemein gewesen. Ohne die Unterstützung der Haushälterin war sie ja noch verzweifelter, wie man wusste. Außerdem gab es keine Beweise, dass der Vater und die Tata ein Verhältnis miteinander hatten.

Und wie sie, Noemi, die Leute aus dem Viertel hasste, wenn sie sagten: »Die Arme, sie opfert ihr ganzes Leben auf. Schön, wie sie ist, mit ihrer hellen Haut, den leuchtend schwarzen Haaren, könnte sie ohne weiteres heiraten, ein eigenes Haus haben, eigene Kinder, ein eigenes Leben. Doch stattdessen ...«

Am angenehmsten war es an den Tagen, so Noemi weiter, wenn die Tata in ihr Dorf fuhr, denn dann konnte sie einen nicht zur Hausarbeit antreiben, zum Kochen etwa, sodass die Hausaufgaben liegenblieben und sie sie nachts erledigen musste.

Doch als die Mama dann gestorben war, hatte die Tata zwar noch immer das Lächeln auf den Lippen, zumindest manchmal, aber es war jetzt anders als zuvor und wurde nicht mehr vom Vater erwidert; gewiss dachte er, dass es früher, als seine seltsame Frau meist zusammengerollt auf dem Bett lag, wenigstens möglich war, jemanden anzulächeln, obwohl er die Ehe mit ihr manchmal bereute. Doch damit war es jetzt vorbei. Und als dann die Krankheiten kamen, sagten die Ärzte, es sei das Alter.

Nach dem Tod des Vaters wurde die Tata, die zunächst ja nur Kindermädchen war, zu einer richtigen Haushälterin und arbeitete viele, viele Jahre kostenlos für die Familie. Um sich etwas Geld zu verdienen, ging sie stundenweise in die wirklich reichen Häuser des Castello zum Putzen. In ihre

alten, schicklichen Kleider gehüllt, trug sie die schweren Einkaufstüten von weit her zu Fuß nach Hause, um das Busgeld zu sparen. Aus den einfachsten Zutaten zauberte sie die phantastischsten Gerichte, zum Beispiel köstliche Zwiebelaufläufe, Hühnchenkarkasse mit Kartoffeln, Pfannkuchen oder Resteeintöpfe. Sie war immer fröhlich und zeigte nie, welche Opfer sie erbrachte, nur dass sie dünn wurde und beim Gehen stets den Kopf leicht zur Seite neigte.
Wann immer es ihr möglich war, fuhr sie ins Dorf und kam mit Gemüse, Obst, Freilandhühnern und Käse vom Bauernhof ihres Bruders zurück. Der wiederum musste die Schulgebühren für seinen Sohn Elias aufbringen, der aufs Gymnasium ging, wobei der Junge ein Prachtkerl war, fleißig lernte und keine Ansprüche stellte.
So seien sie dank der Tata groß geworden, hätten im Grunde nicht einmal eine so traurige Kindheit gehabt, wenn man von der Contessa und ihrer Todessehnsucht und Manie absah, anderen helfen zu wollen, wo sie doch selbst am meisten bedürftig gewesen seien.
Dann, bereits in den Vierzigern, lernte die Haushälterin ihren zukünftigen Mann kennen und verliebte sich in ihn. Aufgeregt wie zu Vaters Zeiten und genauso schön, wartete sie auf ihn. Wenn er dann kam, unterhielt sie sich mit ihm über alltägliche Dinge, als hätten sie eine tiefere Bedeutung, die nur sie beide kannten. Und sie lächelte auf eine Weise, die den Schwestern als etwas Besonderes erschien, etwas Einzigartiges, nur ihr nicht, Noemi, die das gleiche Spiel schon vor langer Zeit gesehen hatte.
Die Contessa und Maddalena hörten der Schwester schweigend zu. Die Tatsachen kannten sie ja. Nur dass sie sie anders gedeutet hatten.
»Aber meinst du wirklich«, fragte Maddalena, »dass die Tata der Mama Tabletten gegeben hat, damit sie stirbt?«

»Nein, das sicher nicht«, antwortete Noemi. »Mama hatte ein krankes Herz, eine Missbildung, die sie bestimmt schon als kleines Baby hatte. Im Grunde war ihr ja gar nicht das viele Glück beschert, weswegen sie all die Schuldgefühle hatte. Die Tabletten nahm sie seit Jahren jeden Abend ein, und zwar allein, ohne dass die Tata sie ihr geben musste. Auch hatten die Ärzte ihr vorausgesagt, dass ihr Herz es nicht allzu lange machen würde. Und so kam es dann ja auch – als sie starb, war sie erst Anfang dreißig. Der Rest der Geschichte, das, was die Tata jetzt herumerzählt, ist dummes Zeug. Die Arme fühlt sich schuldig für das, was sie dachte oder womöglich erhoffte, aber man kann niemanden für seine Gedanken oder Hoffnungen verurteilen.«

19

Eines Abends machten Maddalena und Salvatore einen Spaziergang und trafen Elias auf dem Platz der Bastion Saint Remy, wo die Lokale bis spät in die Nacht geöffnet haben, inmitten einer Gruppe junger, hübscher Mädchen im Minirock. Wie üblich trug er eine Hüfthose und trotz der Kälte nur ein kurzes Lederblouson über einem Sweatshirt aus beschichtetem Stoff. Den Schädel hatte er rasieren lassen, um das schütter werdende Haar zu kaschieren, und eine Parfümwolke umgab ihn. Obwohl er mit den jungen Leuten umherzog, schien es, als suchte er jemanden, vielleicht die Einzige, die nicht dabei war.
Salvatore und Maddalena blickten sich an, wie um zu sagen, dass es ihm mit Noemi offensichtlich bessergegangen war, und bestimmt wäre auch ihr aufgefallen, wie unglücklich er wirkte.
Sie blieben stehen und plauderten ein wenig über dies und jenes, als Elias plötzlich sagte: »Ich hoffe, Noemi geht es gut.«
Da nahm Maddalena ihren Mut zusammen und fragte ihn, ob sie endlich die Erlaubnis hätten, die Fenster auf den Hof des Nachbarn zu öffnen. Elias begriff zunächst gar nicht, wovon sie sprach. Doch plötzlich erinnerte er sich wieder.

»Ach so!« Er berichtete, dass sie den Prozess verloren hätten, doch das spiele keine Rolle, sagte er, so ein Aufstand wegen zwei Kammern mit blinden Fenstern. Sie hätten einfach einen Lichtschacht in der Mitte des Hauses errichtet und ins Dach ein Oberlicht mit Fensterscheiben eingelassen, die sich öffnen ließen. Er selbst habe nicht nur die Pläne gezeichnet, sondern auch den Umbau vorgenommen.

An dieser Stelle luden sie ihn kurzerhand ein, irgendwann mal wieder zum Abendessen zu kommen. Möglichst bald.

Er sah sie verblüfft an, aber nicht mehr so traurig wie zuvor.

Zunächst machte er eine Miene, die zu bedeuten schien: »Seid ihr verrückt geworden? Und wie wollt ihr das Noemi beibringen?« Doch dann wechselte sein Ausdruck, als wollte er sagen: »Gut, ich komme.«

Und das sagte er auch.

20

Die Schwestern haben der Tata gesagt, dass sie jetzt wieder reich seien und die in der Not veräußerten Wohnungen zurückgekauft hätten. Und wenn einer der Nachbarn am Fenster zu sehen ist oder sie einem von ihnen auf der Treppe begegnen, erzählen die Schwestern ihr, dass sie jetzt Miete zahlen, und zwar nicht wenig.
Überglücklich schaut die Tata dann nach oben zu den Nachbarn und macht obszöne Gesten, wie um ihnen zu bedeuten, dass die neuen Besitzer sie ganz schön übers Ohr gehauen hätten, indem sie alle Wohnungen zurückgekauft haben.

Keiner weiß, was der Nachbar den Nonnen gesagt hat. Tatsache ist, dass Carlino beim Kindergartenfest am Klavier saß. Er blickte ins Publikum, das vorwiegend aus den Eltern bestand, dann zu den anderen Kindern hinter den Kulissen, die den Mund nicht mehr zubrachten, und ergriff die Flucht. Um gleich darauf wieder zurückzukommen. Gelassen setzte er sich auf den Hocker und begann mit einem Marsch von Schostakowitsch, fuhr mit dem »Hühnerwalzer« vom Jörg Brinkmann Trio fort, ließ ein »Adagio« von Steibelt folgen und wollte mit einer Klavier-

sonate von Siegmeister enden, ließ sich dann jedoch vom heftigen Applaus des Publikums zu einer Zugabe bewegen und spielte Schumanns »Soldatenmarsch«. Als er dann noch ein paar kleinere von ihm improvisierte Stücke zum Besten gab, tobten die Zuhörer, und es schien, als hätten die Eltern danach keine Lust mehr, der Vorstellung ihrer eigenen Kinder beizuwohnen, sondern würden lieber die ganze Zeit dem Spiel dieses Jungen lauschen.
Wieder zu Hause, ging die Contessa schnurstracks zum Nachbarn und klopfte an seine Tür. Er öffnete zwar, blieb jedoch auf der Schwelle stehen.
»Ich weiß nicht, wie ich Ihnen danken soll, außer indem wir für Sie beten. Ich und meine Familie. Und die Nonnen. Den Nonnen habe ich eine Karte mit allen Flughäfen auf Sardinien und Korsika gegeben, damit Sie sich beim Fliegen keine Sorgen mehr machen müssen. Ab jetzt werden wir alle Sie im Gebet begleiten!«
Der Nachbar hörte ihr gar nicht richtig zu, sondern sagte, Carlinos Konzert sei ihm wie ein Boxkampf in Form von Noten vorgekommen, wobei er auf der Schwelle herumtrippelte und Boxbewegungen machte.
»C« – er streckte die Linke aus. »D« – er legte sich schützend eine Hand vors Gesicht. »E« – er streckte die Rechte aus. »Er hat sie alle k.o. geschlagen.« Und dann jubelte er lautstark.

Wenn die Leute im Castello jetzt der Contessa und ihrem Kind begegnen, bleiben sie stehen, um sie zu beglückwünschen. Sie sagen, irgendwann würden sie gewiss stolz darauf sein, dass sie im selben Viertel gewohnt hätten wie ein Musikgenie. Dennoch spürt man, dass sie nicht ganz überzeugt sind. Ein Musikgenie mag der Junge ja sein, aber ein reichlich dummes. In Gedanken suchen sie nach berühmten Beispielen, bei denen es sich ebenso verhielt. Mozart. Man muss sich fragen, sagen sie, wie der liebe Gott einen solchen Trottel mit einem derartigen Talent segnen konnte.

Die Contessa und Carlino gingen zum Nachbarn, um ihm ein Dankeschöngeschenk zu bringen.
Der Nachbar hatte schlechte Laune. Statt sie hereinzubitten, blieb er auf der Schwelle stehen und entschuldigte sich, er sei gerade nicht in der Lage, mit jemandem zu reden, geschweige denn Geschenke in Empfang zu nehmen.
»Wollen Sie nicht wenigstens sehen, was es ist?«, fragte die Contessa.
»Nein, wirklich nicht. Es tut mir leid, aber wenn ich schlecht gelaunt bin, brauche ich meine Ruhe.«
»Glauben Sie nicht, Carlino und ich könnten es schaffen, dass Sie wieder gute Laune bekommen? Ich mache mir Sorgen, wenn ich Sie jetzt mit Ihrem Kummer allein lasse.«
»Ach was, kein Grund, sich Sorgen zu machen. Ich bin sehr gern unglücklich. Und zwar allein.«
»Das liegt daran, dass Sie so ... so ... *scheu...lich* sind ...«
Da musste der Nachbar herzlich lachen und nahm das Geschenk an. Doch weil er nun mal, wie sie richtig gesagt hatte, halb scheu und halb scheußlich war, bestand er darauf, es allein auszupacken.

21

Maddalena ist schwanger. Jetzt will sie sich nicht mehr an das schmiedeeiserne Bettgestell mit den kostbaren Verzierungen fesseln lassen, weil sie fürchtet, Luigi – so werden sie das Kind nennen – könnte irgendwie Schaden nehmen, selbst wenn er im Moment nur ein Stecknadelkopf in ihrem Leib ist. Auch Salvatore hat furchtbare Angst, Luigino könnte sich wieder verflüchtigen. Es ist zwar nicht so, dass er und seine Frau keinen Sex mehr haben, aber es ist jetzt anders als zuvor, und wenn sie fertig sind, sagt er: »So, geschafft«, als wollte er ihr versichern, dass alles über die Bühne ging, ohne dass Luigino leiden musste.
Wenn Maddalena nackt auf dem Bett liegt, legt sie immer eine Hand auf den Bauch und lächelt Salvatore sanft an, wenn er sich neben ihr ausstreckt und seine Hand auf ihre legt, und statt Sex zu haben, reden sie von Luigino.
Über ihrer Wohnung schwebt jetzt ständig die Gefahr, dass Luigino beschließen könnte, sich wieder davonzumachen. Daher will Salvatore nicht, dass Maddalena ruckartig aufsteht, ja sie soll nicht einmal Töpfe heben oder gebeugt an der Nähmaschine sitzen, weil er den Eindruck hat, dass es dem Kind nicht guttut.
Maddalena ist nicht länger eifersüchtig, wenn ihr Mann

mit Kollegen ausgeht, und quält sich nicht mehr mit Vorstellungen von den schönen Frauen, die dabei sein könnten, sondern bleibt seelenruhig mit dem zukünftigen Kind zu Hause, nachdem sie ihrem Mann noch viel Vergnügen gewünscht hat.

Als die Contessa, mit Einkaufstüten beladen, den Nachbarn trifft, erklärt sie ihm, dass sie jetzt, wegen des zukünftigen Neffen und weil ihr Schwager den ganzen Tag arbeitet, alle Einkäufe erledigt. Daraufhin stellt der Nachbar die Vespa auf dem Gehsteig ab und nimmt ihr die schweren Tüten aus den Händen, um sie für sie nach Hause zu tragen, während die Contessa ihm von Luiginos Fortschritten im Bauch seiner Mama berichtet.
Neben den Besorgungen kümmert sie sich jetzt auch um das Kochen und Putzen, während Angelica, die Zigeunerin, von der man inzwischen weiß, dass sie nicht stiehlt, nach der Tata schaut und Antonio und Carlino beim Spielen beaufsichtigt.
Bis auf ihren Mann darf niemand mehr Maddalena aus der Nähe sehen, am allerwenigsten die Contessa und Carlino oder die Zigeunerin Angelica und deren Kind, weil diese alle möglichen Krankheiten übertragen könnten, vor allem Röteln, die Maddalena noch nicht hatte. Deswegen bleibt sie in ihrem Zimmer, wenn die Contessa zu ihr in die Wohnung kommt, um die Einkäufe zu bringen, zu kochen oder sauber zu machen, und sie unterhalten sich durch die Tür. Wenn es nicht regnet, stellt sich die Contessa manchmal auch auf den Gehsteig unter Maddalenas Balkon, um mit ihrer Schwester zu reden.
Míccriu, den Kater, haben sie weggeschickt. Denn bei ihm hätte sich Maddalena mit Toxoplasmose anstecken können, einer Krankheit, die Babys blind auf die Welt kommen

lässt. Anfangs war er bestimmt froh, nicht mehr in einem Haus leben zu müssen und endlich wieder nur die Streifen auf seinem Fell zu besitzen, doch inzwischen trauert er gewiss den Zeiten nach, da er so verhätschelt wurde.

Auch die Verlobte von Carlinos Vater ist schwanger, und diesmal weint er nicht, sondern ist glücklich. Wenn er Carlino jetzt zum Klavierunterricht abholen kommt, bringt er oft auch seine zukünftige Frau mit, die einen beträchtlichen Bauch mit sich herumträgt. Aus Angst, sie könnte auf den steil aufsteigenden und abfallenden Straßen des Castello stürzen, hält er sie ganz fest.
Die Nachbarn machen dem Vater und seiner Verlobten Komplimente und beglückwünschen sie, doch hinter ihrem Rücken sagen sie: »Man kann nur hoffen, dass er mit dem zweiten Kind und der zweiten Frau besser fährt als mit den ersten beiden, *mischineddu*.« Der Arme.
Die Contessa und ihr Kind denken jedoch nicht daran, eifersüchtig zu sein. Im Gegenteil, sie sind glücklich. Sie, weil der Vater ihres Kindes einfühlsamer geworden ist, und Carlino, weil er auf einen Schlag einen Bruder und einen Cousin bekommen wird.
Neuerdings legt er an den Klaviernachmittagen eine seltsame Angewohnheit an den Tag, und zwar beginnt er aus heiterem Himmel nach seinem Vater zu rufen, auch dann, wenn dieser direkt neben ihm sitzt. »Papa, Papa, Papa!«, ruft, ja schreit er beinahe.
Der Vater sagt dann: »Ich bin hier. Ich höre dich. Was willst du denn?«
Doch obwohl Carlino nichts will, fährt er fort, nach ihm zu rufen: »Papa, Papa, Papa!«
Wenn es Zeit ist, nach Hause zu gehen, hat Carlino es so eilig, dass er sich nicht helfen lässt, den Mantel richtig an-

zuziehen, sodass er stets mit einem lose herabbaumelnden Ärmel heimkommt. »Man kann ihn einfach nicht mehr richtig anziehen«, beklagt sich sein Vater.

Hält sich Noemi gerade in der Wohnung der Contessa auf, wenn Vater und Sohn eintreffen, steht sie auf und geht grußlos fort. Sind sie schon da und sie kommt herein, sagt sie: »Entschuldigt, ich dachte, nur meine Familie wäre hier.« Und sie schlägt laut die Tür hinter sich zu, damit Carlinos Vater begreift, dass sie ihn nicht erträgt, vor allem seit sie erfahren hat, dass es bald aus sein wird mit den Klavierstunden, da sie das bisherige Klavierzimmer in ein Kinderzimmer verwandeln wollen.

Niemand weiß, wohin mit dem Klavier. Bei Maddalena muss wegen Luigino Ruhe herrschen. Bei der Contessa gibt es keinen Platz. Und Noemi denkt nicht im Traum daran, Carlinos Vater aus der Patsche zu helfen. Soll er doch endlich einmal Verantwortung übernehmen! Und möge er eines schönen Tages bestraft werden, indem sein Sohn ihm die kalte Schulter zeigt.

Die Klavierstunden sind unterdessen schon weniger geworden, weil der Vater nicht mehr so viel Zeit hat, jedenfalls nicht dann, wenn der Klavierlehrer Zeit hätte. Wenn Carlino jetzt bei seinem Vater ist, spielt er oft nur Videospiele am Computer; weil er jedoch nicht gut darin ist, verliert er meistens und langweilt sich zu Tode. Der einzige Lichtblick seiner Besuche beim Vater sind die kleinen Zwischenmahlzeiten, die dessen Verlobte ihm zubereitet. Lauter leckere Sachen. Getoastetes Brot mit Käse, der so herrlich zwischen den Brotscheiben Fäden zieht. Die Contessa hat zwar auch schon versucht, solche Brote zu machen, doch bei ihr quillt der Käse über die Ränder, sodass es eine ziemliche Sauerei gibt, und die Tata nach dem Geheimnis der Zubereitung zu fragen ist sinnlos, da sie es ohnehin nicht mehr weiß.

Deswegen und aus tausenderlei weiteren Gründen lobt die Contessa die neue Verlobte des Vaters ihres Sohnes über den grünen Klee. Wenn sie es dem Nachbarn gegenüber tut, sagt der: »Gut. Also noch jemand, den wir der Liste mit entzückenden Menschen hinzufügen können.«
Sie ist glücklich, weil alle glücklich sind.
Nur nicht dann, wenn beim Nachbarn die Fenster geschlossen sind.
In diesen Momenten kommen ihr augenblicklich die Krankenwagen, überfüllten Krankenhäuser, Beerdigungen und Abschiede in den Sinn, all das, was sie daran erinnert, dass das Glück nicht möglich ist.
Auch wenn man sich bemüht, ein guter Mensch zu sein, reicht es nie aus, um das Glück wirklich zu verdienen.
Doch sobald sich der Nachbar wieder an der Mauer zeigt, ist es plötzlich wieder da, das Glück.

22

Luigino hat sich wieder davongemacht. Der Krankenwagen kam, um Maddalena abzuholen, die in einer Blutlache im Bett lag. Sie weinte und sagte: »Es ist passiert! Es ist passiert!« Im Krankenhaus nahmen sie eine Ausschabung vor, und Maddalena beobachtete, wie sie Luigino in ein Behältnis warfen, das wie ein Abfalleimer aussah.
Trotz allem meinen die Ärzte, Maddalena sei gesund und könne Kinder bekommen. Doch sie ist überzeugt, dass kein weiteres Kind wie Luigino sein würde, obwohl sie nicht einmal die Gelegenheit hatte, ihn kennenzulernen.
Auch die Zigeunerin prophezeit ihr, dass sie ein Kind haben wird. Doch Maddalena sieht nur noch schwarz. An manchen Tagen will sie nicht mehr aufstehen, ja nicht einmal die Fensterläden öffnen, um ein bisschen Licht hereinzulassen. Zusammengerollt liegt sie auf dem Bett, und alle stehen um sie herum – Carlino, der sich bemüht, sie zum Lachen zu bringen, die Contessa, die ihr etwas Warmes zu trinken einflößen will, Noemi, die sie schüttelt und schimpft, Salvatore, der ihr sagt: »Wenn sich eine Tür schließt, dann öffnet sich irgendwo eine andere. Vielleicht war Luigino krank, aber das nächste Kind wird bestimmt gesund sein«, und die Tata, die zum Herrn betet, er möge

sie zu sich nehmen, die Arme, wenn er sie unbedingt so lassen muss, wie sie ist.

Maddalena schickt alle fort: »Lasst mich in Ruhe, ich will nie wieder etwas essen oder trinken. Ihr mit euren Banalitäten! Nichts als Banalitäten könnt ihr von euch geben.«

Manchmal lässt die Contessa ihren Sohn bei Maddalena, weil sie denkt, dass er ihr guttut. Dann fragt Carlino seine Tante, wo der kleine Cousin hingegangen ist und warum. Womöglich ist es ja seine Schuld, weil er zu sehr den *Lausebub* hat raushängen lassen.

Die Tante antwortet ihm geistesabwesend: »Nein, nein. Du hast nichts Böses getan. Niemand hat etwas Böses getan, und trotzdem ist es passiert. Es ist einfach passiert.« Und dann bricht sie erneut in Tränen aus.

»Er kommt zurück!«, tröstet Carlino sie.

An den Tagen, an denen sich der Neffe nicht blicken lässt, geht es Maddalena noch schlechter, denn wenn er da ist, ist sie wenigstens gezwungen, die Fenster zu öffnen, um Licht und Luft hereinzulassen, und in die Küche zu gehen, um dem Jungen etwas zu essen zu machen. Im Übrigen hätte sie nie gedacht, dass Carlino zu intelligenten Gedanken fähig ist. Nach dem großen Schock war sie zuerst nicht in der Lage, ihm Aufmerksamkeit zu schenken, beachtete ihn gar nicht, aber das ist jetzt anders.

Bisweilen bittet die Contessa sie, Carlino vom Kindergarten abzuholen, wie in alten Zeiten. Wenn Maddalena, die keine Lust dazu hat und am liebsten im Bett bliebe, sich dann aufrafft, sich anzieht und die paar Schritte bis zum Kindergarten geht, gibt ihr das Kind viel Zufriedenheit, wenn es ihr entgegenläuft und auf seine überbordende Art ruft: »Da ist meine Tante! Meine Tante ist da!«, ehe es die Arme um ihren Hals schlingt und ihre Wangen mit Küssen bedeckt.

Eine Zeit lang war die Contessa so beständig, dass sie sogar ihre Lehrvertretungen zu Ende brachte, aber jetzt ist sie wieder ganz die Alte. Sie hat Angst. In einer Welt, in der Luigino beschlossen hat, sich davonzumachen, trotz der Zuneigung und all der Pflege, die sie ihm haben zukommen lassen, obwohl er ja noch nicht einmal geboren war, in einer Welt, in der die starke, zähe Noemi an der Liebe verzweifelt und sich die früher so strenge Haushälterin in ein spitzbübisches Kind zurückverwandelt hat, in so einer Welt kann auch die Geigenspielerin jederzeit wieder zurückkehren und der Nachbar sich nie wieder an der Mauer zeigen. Und wer könnte es ihm verübeln?
Um der Tata eine Freude zu machen, haben die Schwestern ihr erzählt, dass sie auch den Gebäudeteil jenseits des Innenhofs zurückgekauft haben. Seither geht sie, kunterbunt angezogen, zur Mauer und macht ihre üblichen vulgären Gesten. Der Nachbar spielt mit und bekräftigt sie in dem Glauben, dass die Gräfinnen bald wieder den ganzen ehemaligen Palast besitzen werden, wie zu alten Zeiten. Er selbst habe schon angefangen, seine Sachen in Kartons zu packen und den bevorstehenden Umzug vorzubereiten.
Es ist nur so, dass die Tata den Nachbarn ins Herz geschlossen hat, nun, da sie jemanden gefunden hat, der ihr recht gibt. Sie bereitet jetzt jeden Tag die von ihm gefangenen Fische zu und reicht sie ihm, auf einer Platte angerichtet, über die Mauer zurück. Er solle es getrost ihr überlassen, versichert sie ihm, die Gräfinnen zu überzeugen, dass er weiterhin zur Miete hier wohnen kann, der Arme. Dann bedankt er sich bei ihr und sagt, sein Schicksal befinde sich in ihren Händen. Offensichtlich bereitet ihm dieses Geplänkel Spaß. Aber wie lange noch?
Nichts ist beständig. Alles, was entsteht, geht wieder zugrunde. Wie das Haus. Nun, da die Innenfassade in altem

Glanz erstrahlt, beginnt an der äußeren Fassade, die vor nicht einmal zwei Jahren renoviert wurde, schon wieder der Putz zu bröckeln; an den Mauern breiten sich Feuchtigkeitsflecken aus, und die Rohrleitungen in den Bädern sind morsch. Und ausgerechnet jetzt, da es der Contessa gelingt, den Schülern die Stirn zu bieten und an allen Schulen die Oberhand zu behalten, geht ihr ganzer Verdienst für das Stopfen der Löcher drauf. Kaum sind die einen gestopft, tun sich andere auf.
Im Grunde ist die Sache mit dem Selbstmord keine schlechte Idee. Schade nur, dass es Winter ist, ansonsten hätte sie ihre Ertrinkungsübungen im Meer von neuem aufgenommen.

Alles ist mehr oder weniger wie früher. Nur Noemi ist anders. Wenn sie von ihren Kongressen aus fernen Städten zurückkommt, hat sie jetzt statt der Mitbringsel aus den Luxushotels irgendein Stück antikes Geschirr dabei, das sie in einem Antiquitätenladen aufgestöbert hat. Sie sagt, dass sie nach und nach Elias' Sammlung ersetzen und ihn damit überraschen wolle. Auch wenn es freilich unmöglich sei, genau das wiederzufinden, was sie zerstört habe. Vor allem natürlich die wertvollsten Stücke: die Salatschüssel aus Savona, die feuerfeste Platte aus Albissola, die Teller aus Cerreto Sannita oder die Majoliken aus Ariano Irpino. Na ja, dumm von Elias, sich ausgerechnet die auszusuchen.
Und in manchen Augenblicken, wenn der Himmel von diesem makellosen Blau ist, ruft sie sich den Himmel über dem Schafstall ins Gedächtnis, und in den sternenklaren Nächten denkt sie, dass die Sterne von Elias' Fenster aus schöner waren, größer und zahlreicher und so nah, wie sie sie nie zuvor erblickt hat.

Und manchmal, wenn sie sich unbeobachtet fühlt, tut sie es der Contessa gleich und pflanzt außerhalb der Saison Setzlinge im »Beet der Ungerechtigkeit« und schämt sich ein wenig, weil es wider jede Vernunft ist. Insgeheim hofft sie jedoch, dass sie Wurzeln schlagen und auf wundersame Weise erblühen werden.

Womöglich war es ja früher wirklich besser, mit Elias, auch wenn er sie nicht geliebt hat und nie etwas Ernstes zwischen ihnen war. Oder aber er hat sie doch geliebt, nur dass sie unbedingt wissen musste, warum, und keine plausiblen, überzeugenden Gründe fand, wenn man bedenkt, dass sie weder jung ist noch schön, noch sanftmütig oder sympathisch. Also fielen ihr nur beunruhigende und bösartige Gründe ein: Elias sah in ihr eine Chance, aus seinem Dorf zu entkommen, und gab damit an, dass er nicht nur eine der Gräfinnen, also der Arbeitgeberinnen seiner Tante, erobert hatte, sondern sie obendrein demütigte, indem er sie wie eine x-beliebige Freundin behandelte, eine Freundin, die ihm das Problem mit den Fenstern zum Hof des Nachbarn hin vom Hals schaffen würde.

Und wenn Elias sie doch aus anderen Gründen gernhatte? Nur dass er nicht vernunftgesteuert war, wie sie? Jedenfalls war es vorher besser, so viel steht fest.

Es war sogar besser, als die Innenfassade des Hauses noch nicht fertig restauriert war. Als sie ihn früh am Morgen auf dem Gerüst erblickte und ihm Kaffee brachte. Jetzt hebt sie im Hof nicht einmal den Blick, um die Fassade, prächtig wie in alten Zeiten, zu bewundern, und wenn die Leute aus dem Viertel sie nach den weiteren Baumaßnahmen fragen, setzt sie eine unbeteiligte Miene auf, als wollte sie sagen: »Was geht mich das an? Soll doch alles in sich zusammenstürzen, den Bach runtergehen. Das Haus, das Geld. Banalitäten. Alles nur Banalitäten.«

23

Gestern, als alle nach langer Zeit wieder einmal im Esszimmer von Maddalena und Salvatore um den Tisch saßen, die Fenster weit geöffnet, weil es Frühling ist, rückte die Contessa mit der Neuigkeit heraus.
»Ich muss etwas mit euch besprechen: Wir müssen Elias demnächst zum Abendessen einladen. Ich habe ihn neulich gesehen.«
»Meinst du denn, er würde zusagen?«, fragten alle im Chor.
»Sicher. Seit Maddalena und Salvatore ihn einmal getroffen und gefragt haben, würde er gern vorbeikommen. Er befürchtet nur, wir hätten es uns vielleicht anders überlegt.«
»Ich habe einige äußerst interessante Stücke für seine Sammlung. Zum Beispiel einen Platzteller aus der Manufaktur Giuseppe Pera, mit kobaltblauem Dekor in Schwammtechnik und mit rosa Blüten in der Mitte«, meldete sich Noemi zwanglos zu Wort.
Bis auf die Tata und Carlino hörten alle auf zu essen und sahen einander schweigend an.
»Bist du wirklich sicher, dass er kommen würde?«, brach Noemi das Schweigen.

»Ganz sicher«, sagte die Contessa heiter.
»Und wie sah er aus?«
»Leidend.«
Da lächelte Noemi und aß weiter. Die Tata stellte keine Fragen, womöglich erinnert sie sich gar nicht mehr an ihren Neffen. Und was Carlino betrifft, so war Elias nicht väterlich genug und existiert somit auch nicht für ihn.
»Also, ich selbst kann die Einladung nicht aussprechen«, nahm Noemi den Faden wieder auf.
»Ich rufe ihn demnächst an«, schlug Salvatore vor, »es würde mich freuen, ihn wiederzusehen.«
»Na gut«, fuhr Noemi ohne Umschweife fort, »dann bereite ich schon mal einen Umzugskarton mit den ersten Teilen seiner neuen Sammlung vor.«
Vom Hundertsten ins Tausendste kommend, rückte die Contessa mit einer weiteren Geschichte heraus, nämlich dass der Nachbar Flugzeuge fliegt, und zwar diese leichten Sportflugzeuge.
Sie hat ihm alles erzählt, von ihrer Todessehnsucht, von Carlinos Vater, der mit seiner neuen Verlobten sein zweites Kind erwartet und jetzt glücklich ist, und sogar vom Klavier und dass sie nicht wissen, wohin damit, und dass die Klavierstunden nicht mehr stattfinden können.
Der Nachbar hat ihr aufmerksam zugehört und dann das Schönste gesagt, was sie in ihrem Leben je gehört hat, nämlich dass auch er schon viel Schlimmes durchgemacht habe, aber nicht davon reden wolle, so sei er nun mal, doch wenn er sie rufe und sie zur Mauer komme, habe er das Gefühl, in einen sicheren Hafen einzulaufen.
In einen sicheren Hafen. Ob ihnen klar sei, was das bedeute?
Außerdem hat er ihr geraten, bei allem so zu tun, als würde sie ein Flugzeug landen: sich auf die Landebahn konzentrie-

ren und an nichts anderes denken als daran, die eigene Haut zu retten und nicht mit der Maschine zu zerschellen. Dann hat er ihr angeboten, sie einmal auf einen Flug nach Korsika mitzunehmen, das würde ihr bestimmt guttun. Wenn sie sich an das Fliegen gewöhnt habe, könne er ihr sogar beibringen, selbst eines zu fliegen, ein Flugzeug.
Er hat keine Angst vor ihrer Nähe. Und im Grunde hat sie es ihm zu verdanken, dass sie sich in der Zeit, als Maddalena schwanger und Noemi im Krankenhaus war, allein über Wasser gehalten hat. Inzwischen bringt sie sogar ihre Lehrvertretungen zu Ende, auch wenn sie auf den Arm genommen wird und trotz des Lärms und der umherfliegenden Papierkugeln, mit denen die Schüler während des Unterrichts auf sie zielen, wenn sie ihnen den Rücken zukehrt.
Da sei noch etwas, fuhr die Contessa fort, etwas, das sie nur dem Nachbarn erzählt habe, weil ihr außer ihm sonst niemand geglaubt hätte: Einmal ist ihr in der Küche ein Meisterwerk geglückt, eine Nachspeise mit Ricotta. Es gelang ihr sogar, sie zu stürzen, ohne dass ein Malheur passierte, makellos und prächtig weiß landete sie auf dem Teller. Außer sich vor Freude, rief sie: »Kommt her und seht, was ich gemacht habe!« Doch sie hörten sie nicht, und prompt fiel ihre Kreation in sich zusammen. Untröstlich setzte sie sich an den Tisch und aß, durcheinander, wie sie war, das Dessert allein auf. Es schmeckte köstlich.
Dann versuchte sie, das Wunderwerk zu wiederholen, und fragte die Tata, ob sie noch wisse, wie man kalte Süßspeisen stürzt. Aber wie zu erwarten, erinnerte sie sich nicht. Und Maddalena sagte ihr, dass man die Nachspeisen normalerweise in das Gefrierfach gebe, doch bei Desserts mit Ricotta sei das nicht möglich, weil sich die Molke dann vom Rest trenne und der Nachtisch ungenießbar werde.

Wie auch immer, jedenfalls kann sie nicht mehr beweisen, dass ihr dieser perfekte Nachtisch gelungen ist. Sie könnten ihr einfach nur glauben. Der Nachbar hat ihr geglaubt.
Um auf ihn zurückzukommen, so hat er gesagt, dass das Klavier bei ihm gut aufgehoben wäre, weil seine Wohnung groß genug ist und über weitläufige Räume mit hohen Decken verfügt, die so gut wie leerstehen. Er werde den alten Klavierlehrer kommen lassen, und wenn dessen Methode während des Unterrichts ein Elternteil an der Seite des Kindes erfordere, würde er sich eben neben Carlino setzen, auch wenn er nicht der Vater sei, aber vielleicht klappe es so trotzdem.
Sie habe schon so viele Männer geliebt, sagt die Contessa, aber einen wie den Nachbarn noch nie.

Doch Maddalena fürchtet, dass Angelicas Prophezeiung wie üblich ungenau ist und dass mit dem Flug der Contessa wohl eher ein Sturz aus dem Fenster gemeint sein könnte, so wie in Wirklichkeit nicht sie ein Kind bekommen wird, sondern Carlinos Vater.
Wie auch immer, der Traum der Contessa wird bestimmt niemals wahr, glaubt Maddalena. Der Nachbar, der Frauen wie seine wunderschöne begabte Geigerin gewohnt ist, von der noch heute die ganze Nachbarschaft spricht, wird ihrer bald überdrüssig sein, unfähig, wie sie ist, mit ihren Kleidern, die an ihr herunterhängen, den flachen, breiten Schuhen und ihrer Unart, nie pünktlich nach Hause zu kommen, weil sie wie ein Magnet alle Bedürftigen des Viertels anzieht, die sie unterwegs aufhalten und denen helfen zu müssen sie sich einbildet.
Und noch eher wird er dieser Nervensäge von Carlino und seiner Lausbubenstreiche müde sein. Lieb sind sie ja schon, Mutter und Kind, aber sie sollen doch bitte jenseits

der Mauer bleiben, genau das wird er bald denken, der Nachbar.

Früher war wenigstens Noemi vernünftig. Jetzt scheint auch sie den Verstand verloren zu haben.
Zum Beispiel neulich abends, als Elias zum Abendessen kam. Ihm zu Ehren öffnete sie sogar ihr Esszimmermuseum, ließ den großen Kristalllüster in vollem Licht erstrahlen, zog die Laken von Stühlen und Sofas und nahm in Kauf, dass die Bezüge Flecken bekamen, plünderte den Garten, um die Vasen mit Frühlingsblumen zu füllen, und deckte den Tisch mit einer handbestickten Leinentischdecke und dem Service, das damals den missmutigen König veranlasst hatte, nicht länger zu schmollen.
Elias brachte Käse, Schinken und Wein mit, und sie ließ sich alles schmecken, ohne Gewissensbisse zu bekommen, und als Elias erzählte, dass jetzt, im Frühling, bei ihm daheim an den Ufern der Bäche, im Schatten der Eiben, der Libanonzedern und der moosbedeckten Hagebuchen Pfingstrosen, Orchideen, Iris und Alpenveilchen blühten, rief sie mit kindlicher Begeisterung aus: »Wunderbar! Herrlich! Das müssen wir uns unbedingt anschauen!«

Neuerdings nimmt Noemi sogar den Nachbarn in Schutz, wo sie ihn doch bislang nicht ausstehen konnte, und pflanzt Blumen im Beet der Contessa, dem an der Mauer, ohne sich zu ärgern, weil dieses Beet von Rechts wegen doppelt so groß sein müsste.
Und über die Frau des Nachbarn, die Geigerin, sagt sie, sie sei vielleicht gar nicht so schön und begabt gewesen. Schließlich haben sie sie immer nur über die Mauer hinweg gesehen, meist von der Seite, gebückt, wenn sie die Blumen goss, oder von hinten. Und ob ihr Spiel nun vir-

tuos gewesen sei, könne man auch nicht sagen, hätten sie es doch immer nur vermischt mit anderen Geräuschen gehört und nicht in einem Konzertsaal. Alles in allem gebe es nicht den geringsten Beweis für die angebliche Schönheit und Begabung dieser Frau.
Maddalena hingegen ist überzeugt, dass sich der Nachbar nur deshalb für die Contessa interessiert und sich mit ihr begnügt, weil es ihm mit der Geigerin schlecht erging.
In ihren Augen liebt niemand wahrhaft, jedenfalls nicht unbefangen, sondern immer zweckgebunden. Auch Salvatore habe sie nur wegen ihrer großen Brüste und ihres Pos geliebt und weil sie immer so fröhlich war. Nun, da sie traurig und erschöpft ist und keine Lust mehr auf Sex hat, liebt er sie nicht mehr. Wenn sie Kinder hätten, sähe es anders aus. Aber auch dann würde er sie nicht richtig lieben. Sondern aus einem Pflichtgefühl heraus, als Mutter seiner Kinder, aber begehren würde er andere Frauen.
Und nicht einmal Míccriu haben sie geliebt, er war bloß ihr Kinderersatz. Wie abartig! Jetzt erkennt sie auch, dass sie sich seine große Intelligenz im Grunde nur eingebildet haben, wenn man bedenkt, dass er nicht mal Mäuse fangen konnte.
Nicht einmal Gott lieben wir wirklich. Wir beten nur zu ihm, wenn wir etwas von ihm wollen.
Und desgleichen Er: Er liebt uns nur, weil Er sich ohne uns langweilen würde. Deswegen hat er das Chaos kreiert, aus dem wir hervorgegangen sind. Was für eine Qual! Was sind wir nur für erbärmliche Geschöpfe!
Man muss sich fragen, warum wir nicht alle am liebsten sterben würden. Aber die Menschen sind so lächerlich in ihrer Lebenssucht, sagt sich Maddalena. Zum Beispiel die Tata. Niemand aus dem Viertel will auch nur eine Minute mit ihr zusammen sein, abgesehen vom Nachbarn, und

wenn sich ihrer doch mal jemand erbarmt, weiß die Contessa nichts Besseres zu tun, als ihm Geld in die Hand zu drücken, als Belohnung dafür, dass er sich mit ihr abgegeben hat. Dabei ist doch klar, dass die Leute sie nur ertragen, um ihre widerlichen Enthüllungen über die Familie der Gräfinnen zu hören, die womöglich auch noch wahr sind, wie etwa die, dass der Vater der Haushälterin den Hof gemacht und sie der Mutter der drei Gräfinnen die falschen Tabletten gegeben habe, damit sie stirbt.

24

Nachdem der Nachbar die Contessa zu einem Flug eingeladen hatte, ging sie in den Garten und kletterte über die Mauer. Nicht einmal sie weiß, was ihr dabei in den Sinn gekommen ist. Und Carlino, dem man es immer strengstens untersagt hat, folgte ihr. Für ihn war es ein wunderbares Abenteuer, auch wenn es nur darin bestand, dass sie sich an die Mauer setzten, aber eben auf der anderen Seite, auf der Seite des geheimnisvollen Nachbarn.

»Haben wir wirklich den ganzen gegenüberliegenden Teil des Palastes zurückgekauft?«, fragte indessen die Tata.
»Ja, wir müssen nur noch den Kaufvertrag abschließen. Wenn es so weit ist, sagen wir dir Bescheid.«
»Tut mir den Gefallen und jagt alle aus dem Haus, nur nicht den Nachbarn!«
»Versprochen.«
Das Kind lief jauchzend zwischen dem Unkraut umher, gefolgt von Míccriu, der inzwischen halb auf der Straße und halb im Haus lebt und immerhin so intelligent ist, dass er sich an jede Situation anzupassen weiß.

Aber wer ist dieser Nachbar wirklich?, fragt sich Maddalena. Schließlich kennen sie ihn überhaupt nicht. Woher sollen sie wissen, dass er sich tatsächlich in ihre Schwester verliebt hat und sich nicht nur aus Mitleid mit ihr abgibt? Und dann die Contessa als Pilotin, die Contessa di Ricotta mit einem Mal eine Gräfin der Lüfte, man stelle sich das vor! Und von wegen sicherer Hafen, das ist ein starkes Stück. Doch steht nicht schon in der Heiligen Schrift geschrieben: »Der Stein, den die Bauleute verworfen haben, er ist zum Eckstein geworden; das hat der Herr vollbracht, vor unseren Augen geschah dieses Wunder.«? Wundersam, aber unvernünftig, fügt sie in Gedanken hinzu.
Maddalena hört nicht auf, sich diese Fragen zu stellen, auf die sie keine Antworten erhält. Doch ausgerechnet in dieses Vakuum der Nichtantworten und entlang der durch die Mauer gekennzeichneten Grenzlinie schleicht sich bei ihr die Vorstellung ein, dass all die schlechten Gedanken womöglich doch jeder Wahrheit entbehren, und es erwächst in ihr eine merkwürdige, absurde Hoffnung auf Glück.
Aus der Wohnung des Nachbarn hört man nicht mehr ständig Radio- oder Fernsehgeräusche. Vielleicht hat er keine Angst mehr vor der Einsamkeit. Jedenfalls wird es allemal besser sein, die Nervensäge Carlino Klavier spielen zu hören.
Und plötzlich bekommt Maddalena abermals Lust, mit Salvatore zu schlafen. In letzter Zeit versenkt sie wieder das Gesicht in die Anzüge ihres Mannes im Kleiderschrank und ist ganz gerührt, wenn sie seinen Duft wahrnimmt, oder sie legt morgens, wenn er ins Büro geht, den Kopf in die Kuhle seines Kissens, dorthin, wo sein Kopf gelegen hat, wobei sie darauf achtet, ja nicht die zarten Umrisse zu zerstören.
Dann zieht sie an ihrer Wäschekommode die Schublade

mit ihren besten Dessous hervor und erschrickt ob des traurigen Geruchs, der von den lange nicht mehr getragenen Sachen ausgeht. Sie weicht die Unterwäsche in einem Wasserbad ein, dem sie eines der herrlich duftenden Luxusshampoos beigegeben hat, die Noemi aus den Hotels mitgebracht hat, und hängt alles – die Tangas, die knapp geschnittenen BHs, die Netzstrumpfhosen, die vorn zu schließenden Bustiers, die transparenten Unterkleider – zum Trocknen in die Sonne, sodass sich ein feierlicher Duft nach Sauberkeit mit der fast schon sommerlichen Luft mischt.

Und unwillkürlich erinnert sie sich daran, dass ihr Mann tags zuvor beim Kochen einen Anruf erhielt, bei dem das Wort »September« fiel. Er hat ihr nicht gesagt, wer der Anrufer war und was im September sei, sondern hat nur geflissentlich weiter in einem Topf gerührt. Hat er sich mit einer Geliebten verabredet und auf diese Weise versucht, seine Verlegenheit – oder Freude – zu verbergen?

Da entsinnt sie sich wieder, was es heißt, eifersüchtig zu sein, denn mit einem Mal hämmert ihr Herz in der Brust, zittern ihre Beine und wünscht sie sich, dass alles ein Ende hätte, nur um nicht mehr zu leiden.

Doch dann denkt sie wiederum, dass wir nicht alles wissen können und dass wir im Grunde gar nichts verstehen, und sie kann es kaum erwarten, dass Salvatore von der Arbeit nach Hause kommt, damit sie mit ihm ins Bett gehen und Sex haben kann.

Denn Sex mit jemandem, den man liebt, gleich, wie die Umstände auch sind, ist etwas Wunderschönes.

Und auch das Fliegen und die anschließende Landung, bei der man darauf achten muss, die Landebahn gut zu treffen und nicht zu zerschellen, muss etwas wunderbar Erfüllendes sein.

Dank

Ohne die Abbildungen in dem Buch *Dentro Castello* – »Im Herzen des Castello« – von Marco Desogus (Edizione Tiligú) wüssten die Figuren dieser Geschichte nicht, wo sie wohnen.

Ohne das antike Porzellan des Wissenschaftlers Paolo Melis hätte Elias seine Sammlung nicht.

Ohne die Fotos von Giovanni Alvito, die er von einem Luftschiff sowie einem Fesselballon aus im Tiefflug aufgenommen hat, könnte der Nachbar unmöglich seine alternative systematische Sichtweise haben.